매디슨 카운티의
다리

매디슨 카운티의
다리

THE BRIDGES
OF MADISON
COUNTY

로버트 제임스 월러 지음 | 공경희 옮김

SIGONGSA

"애매함으로 둘러싸인 이 우주에서,

이런 확실한 감정은 단 한 번만 오는 거요.

몇 번을 다시 살더라도, 다시는 오지 않을 거요."

차례

시작에 앞서

붓꽃 밭에서, 먼지 이는 수많은 시골길에서 피어오르는 노래들이 있다. 이것은 그 노래들 중 하나다. 1989년 가을의 어느 늦은 오후, 나는 책상 앞에 앉아 컴퓨터의 커서가 깜박이는 것을 바라보고 있었다. 바로 그때 전화벨이 울렸다.

전화를 건 사람은 예전에 아이오와주에 살았다는 마이클 존슨이라는 사람이었다. 그는 현재 플로리다에 살고 있다고 했다.

"고향 친구가 책을 한 권 보내 주었어요. 선생님이 쓰신 책이었습니다."

마이클 존슨은 그 책을 읽었고, 그의 누이 캐롤린도 읽었다. 그들은 내가 흥미로워할지도 모르는 이야기를 간직하고 있다고 했다.

"전화상으로는, 죄송하지만, 말씀드릴 수가 없습니다. 하지만 원하신다면, 캐롤린과 함께 아이오와에 가지요."

그런 제의에 회의가 느껴졌지만, 한편으로는 흥미가 솟아났다. 도대체 어떤 이야기길래 머나먼 길을 달려와서까지 들려주려고 하는 걸까. 그래서 나는 그다음 주에 디모인에서 그들과 만나는 데 동의했다. 공항 부근의 '홀리데이 인'에서 소개가 이루어졌고, 차츰 어색함이 사그라들었다. 그들 남매는 내 건너편에 앉아 있었다. 밖에는 저녁 어스름이 내리고 있었고, 가벼운 눈발이 날리고 있었다.

그들은 약속을 하라고 했다. 내가 그 이야기를 소설로 쓰겠다면 상관없지만, 만약 그러지 않겠다는 결정을 내릴 경우에는 1965년 아이오와주의 매디슨 카운티에서 일어난 일이나 그 후 24년에 걸쳐 벌어진 일들을 발설하지 않겠다는 약속을. 나는 그러겠다고 다짐했다.

그래서 나는 들었다. 열심히 들었고, 열심히 질문했다. 그들은 열심히 이야기를 해 주었다. 캐롤린은 이따금씩 드러내 놓고 울었고, 마이클은 애써 울음을 억누르고 있었다. 그들은 내게 서류와 잡지 스크랩, 그들의 어머니 프란체스카가 쓴 일기장들을 보여 주었다.

룸서비스가 왔다가 갔다. 커피를 더 주문했다. 그들의

이야기를 들으면서 나는 이미지를 그려 보기 시작했다. 이미지를 먼저 그려야만 그다음에 말로 옮길 수 있으니까. 이윽고 나는 그 이야기를 소설로 옮기는 것을 생각하기 시작했다. 자정이 막 지났을 때, 나는 이야기를 소설화하는 데 동의했다. 잘 안될지도 모르지만 적어도 시도는 해 보기로 했다.

이 이야기를 세상에 공개하기로 결정을 내리는 것이 그들로서는 퍽 어려운 일이었다. 그들의 어머니, 더욱이 아버지와 관계된 주변 환경이 미묘했다. 마이클과 캐롤린은 알고 있었다. 이 이야기로 인해 결국은 천박한 소문이 떠돌게 되리라는 것을. 그리하여 리처드와 프란체스카 존슨 부부에 대해 사람들이 품고 있던 기억이 어쩔 수 없이 평가절하되리라는 것을.

그러나 모든 형태의 신뢰가 산산조각이 나고, 사랑이 편리성의 문제가 되어 버린 이 세상에서, 그들 두 사람은 이 놀랄 만한 이야기를 공개할 가치가 있다고 느꼈다. 그때 나는 그들의 평가가 옳다고 믿었고, 지금은 그보다 더 확실하게 믿는다.

조사하고 글을 쓰는 과정에서, 나는 마이클과 캐롤린을 세 차례 더 만났다. 그들은 매번 불평하는 일 없이 아이오와까지 와 주었다. 이야기를 과연 정확하게 쓰고 있는지 그들은 성의를 다해 확인하고자 했다. 때때로 우리는 거의 이야기를 나누지 않고 침묵 속에 앉아 있었다. 천천히 매디슨 카운티의 도로를 달릴 때도 있었다. 그들은 이야기에서 중요한 역할을 하는 곳들을 지적해 주었다.

그러니 이 이야기는 마이클과 캐롤린이 도움을 준 것과 프란체스카 존슨의 일기장에 있는 정보들에 기초한 것이다. 또 미국의 북서부 지역, 특히 시애틀과 워싱턴주의 벨링햄에서 조사 작업을 벌였고, 아이오와주의 매디슨 카운티에서도 조용하게 조사를 했다. 로버트 킨케이드의 사진 에세이에서 정보를 얻었고, 잡지 편집자들의 도움도 얻었다. 사진 필름과 촬영 도구 생산업자들에게도 자문을 구했고, 오하이오 반즈빌이 고향인 근사한 노인 몇 분과는 긴 대화를 나누었다. 그들은 킨케이드가 어렸을 적부터 그를 아는 사람들이었다.

애써 조사 작업을 벌였음에도 불충분한 부분은 여전히 남아 있었다. 나는 그런 경우 내 자신의 상상력을 조금 덧붙였지만, 조사를 진행하면서 프란체스카 존슨, 로버트 킨케이드가 내 안에서 살아나, 어느 정도 확신이 설 경우에만 그렇게 했다. 나는 실제로 일어난 일에 매우 가깝게 다가갔다고 자신한다.

킨케이드가 미국 북동부 지역을 여행했을 때의 정확하고 자세한 경로가 중요한 문제로 떠올랐다. 우리는, 후에 그가 출판한 수많은 사진에 기초해서 그의 여행 경로를 재구성할 수 있었다. 프란체스카 존슨도 일기에서 간단하게나마 거기에 대해 언급하고 있었고, 킨케이드가 잡지 편집인에게 남긴 메모도 있었다. 이런 자료를 길잡이로 삼아, 나는 그가 1965년 8월, 벨링햄에서 매디슨 카운티까지 갔으리라고 믿어지는 길을 되밟아 보았다. 답사의 마지막에 매디슨 카운티로 향하면서, 나는 마치 나 자신이 로버트 킨케이드가 된 기분이었다.

킨케이드라는 인물의 본질을 알려는 시도가 내 조사와 글쓰기 작업에서 가장 힘든 부분이었다. 그는 파악하기 어려운 인물이다. 어떤 때는 상당히 정상적인 사람 같지만, 또 어떤 때는 미묘해서 종잡을 수 없는 성격의 인물처럼 여겨지기도 한다. 일에서는 극도의 프로페셔널이었다. 하지만 그는 자신을 조직체의 숫자만 채우기에 급급한 세상에서 시대에 뒤떨어진 수컷이라고 보았다. 한번은, 자비라고는 눈곱만큼도 찾아볼 수 없는 이 시대의 아픔을 토로한 적도 있었다. 프란체스카 존슨은 그를 '기이하고, 유령이

도는 곳에, 진화가 덜 된 아주 먼 과거에' 사는 사람이라고 묘사했다.

두 가지 흥미로운 질문이 아직도 해답을 얻지 못했다. 먼저, 우리는 킨케이드의 사진 파일이 어떻게 되었는지 알아낼 수가 없다. 그의 일하는 성격으로 미루어 수천 장의, 어쩌면 수십만 장의 사진이 있음이 분명하다. 그런데 이 사진들은 발견되지 않았다. 우리가 내릴 수 있는 최상의 추측은 ── 이것은 그가 이 세상에서 살았던 동안 자신과 자신의 삶에 대한 자리매김의 방식과도 연관이 있는데 ── 그가 죽기 전에 몽땅 없애 버렸다는 것이다.

두 번째 질문은 1975년에서 1982년까지 그가 어떻게 살았는지 하는 부분이다. 여기에 대해서는 활용할 수 있는 정보가 거의 없다. 우리는 그가 몇 년간 시애틀에서 초상화를 찍어 주는 일로 푼돈이나마 벌면서 퓨젓사운드 지역에서 계속 사진을 찍었다는 것은 알고 있다. 한 가지 흥미로운 점은, 사회 보장국과 재향 군인 관리국에서 그에게 보낸 우편물 전부를 그가 직접 '반송'이라고 적어서 돌려보냈다는 것이다.

이 책을 준비하고 쓰면서 나는 세계관이 바뀌었다. 생각하는 방식도 변했고, 무엇보다도 인간관계의 가능성에 대한 냉소적인 태도가 많이 줄어들었다. 조사 작업이 진행됨에 따라 프란체스카 존슨과 로버트 킨케이드를 알게 되면서, 인간관계의 울타리가 내가 전에 생각하던 것보다 훨씬 더 멀리 넓혀질 수 있다는 것을 깨달았다. 아마도, 이 이야기를 읽어 나가면서 여러분도 그런 경험을 하게 되리라.

그것은 물론 쉽지 않을 것이다. 점점 냉담해지는 세상에서, 우리 모두는 이중 삼중으로 덧칠된 가면을 쓰고 살아간다. 어디까지가 위대한 열정이고 어디부터가 지독한 감상인지, 난 자신 있게 말할 수가 없다. 하지만 위대한 열정에 대한 가능성을 비웃고, 진실하고 심오한 감정을 감상이라고 치부하려는 우리의 태도는 프란체스카 존슨과 로버트 킨케이드의 이야기를 이해하는 데 필요한 따스한 세계에 들어가는 것을 어렵게 만든다. 나는 글을 시작하기에 앞서 그런 상투적인 태도를 극복해야만 한다는 것을 알고 있다.

하지만 시인 콜리지가 말했듯이, 의심의 먹구름을 걷고 다음의 이야기에 다가선다면, 당신은 틀림없이 내가 경험한 것을 경험하게 될 것이다. 무심했던 당신의 가슴 안에서 다시 춤출 수 있는 여유를 발견하게 될지도 모른다. 프란체스카 존슨이 그랬던 것처럼.

로버트 킨케이드

    1965년 8월 8일 아침, 워싱턴주의 벨링햄. 로버트 킨케이드는 다 쓰러져 가는 아파트의 3층에 있는 방 두 개짜리 자기 집 문을 잠갔다. 그는 사진 촬영 도구가 가득 든 배낭과 옷 가방 하나를 들고 나무 층계를 내려가 복도를 통해 뒷문으로 나왔다. 아파트 입주자를 위해 마련된 주차 공간에 그의 낡아 빠진 시보레 픽업트럭이 세워져 있었다.

    트럭 안에는 이미 배낭 하나와 중간 크기의 아이스박스, 삼각대 두 개, 카멜 담배 몇 상자, 써모스 보온병, 과일이 든 가방이 실려 있었다. 트럭 뒤 칸에는 기타 상자가 있었다. 킨케이드는 배낭을 앞자리에 놓고, 아이스박스와 삼각대 두 개는 바닥에 내려놓았다.

    그는 트럭 뒤 칸에 올라가서 기타 상자와 옷 가방을 한쪽 구석으로 몰아 놓고, 스페어타이어를 버팀목 삼아 기다란 빨랫줄로 그 둘을 타이어에 묶었다. 그리고 닳아 빠진 스페어타이어 밑으로는 검정색 방수천을 깔았다.

그는 운전석에 앉아서 카멜 담배에 불을 붙이고 머릿속으로 점검을 하기 시작했다. 구색을 갖춘 필름 2백 통, 저속 코닥크롬, 삼각대, 아이스박스, 카메라 세 대와 렌즈 다섯 개, 청바지, 카키색 바지, 셔츠, 그리고 촬영할 때 입는 조끼는 입고 있었다. 됐어. 그 밖에 잊은 다른 물건이 있으면 여행 중이라도 살 수 있을 것이다.

킨케이드는 물 빠진 리바이스 청바지를 입고, 오래 신은 레드윙 부츠에 카키색 셔츠, 오렌지색 멜빵 차림이었다. 넓은 가죽 벨트에는 필요한 경우에 대비해 스위스제 군용칼이 매달려 있었다.

그는 시계를 들여다보았다. 8시 17분. 시동을 두 번째 걸고서야 트럭이 움직이기 시작했다. 그는 등받이에 등을 기대고 기어를 변속해, 이제 막 햇빛이 들기 시작하는 골목을 천천히 빠져나갔다. 그는 벨링햄의 도로를 타고 나가 워싱턴 11번 도로를 탄 다음 남쪽으로 향하다가 퓨젓사운드 해안을 따라 몇 마일을 달렸다. 그 뒤 동쪽으로 치우쳐 있는 고속도로를 타고 달리다가 20번 국도를 만났다.

햇빛이 드는 쪽으로 차를 돌린 그는 길고 구불구불한 캐스케이즈 마을을 통과하기 시작했다. 그는 이 고장이 마음에 들었다. 마음이 풀어져서 이따금씩 차를 세우고, 앞으로 돌아볼 구미가 당기는 곳을 메모하거나 그가 '기억용 스냅 사진'이라고 부르는 사진을 찍기도 했다. 이렇게 마구잡이로 사진을 찍는 목적은, 다시 방문해서 더 자세히 접근해 보고 싶은 곳을 기억 창고에 담아 두기 위해서였다. 오후 늦게 그는 스포캔에서 북쪽으로 돌아 2번 국도를 타고 북부의 여러 주를 가로질러 미네소타주의 덜루스까지 갔다.

그는 살면서 개를 한 마리 가졌으면 하고 수천 번도 더 바랐다. 골든리트리버(사냥개의 일종: 옮긴이)가 한 마리 있으면 이렇게 여행을 할 때 좋은 친구가 되어 주련만. 그러면 집을 떠났다는 느낌이 한결 덜할 것이다. 하지만 밖으로 도는 경우가 자주 있었고, 해외여행도 만만치 않게 잦았으므로 그것은 동물에게 공평치 못한 일이었다. 하지만 어쨌거나 그는 그 문제에 대해 이렇게 생각했다. 세월이 흐르고 나이가 너무 들어서 힘든 야외 작업을 하지 못하게 되면 개를 한 마리 기르겠노라고.

"그때가 되면 개를 한 마리 데리고 살 수 있을지도 몰라."

로버트 킨케이드 19

그는 트럭 창문을 비켜 지나가는 침엽수에 대고 중얼거렸다.

이런 드라이브는 언제나 침울한 기분을 안겨 주었다. 개도 그 일부분이었다. 로버트 킨케이드는 말할 수 없이 외로웠다. 외아들인 데다가 부모님이 다 돌아가셨고, 먼 친척들은 그가 어디 사는지 몰랐고, 그도 그들이 어디에 사는지 몰라 서로 연락이 되지 않았다. 그리고 가까운 친구도 없었다.

그는 벨링햄의 길모퉁이 가게 주인과 그가 필요한 도구를 구입하는 사진 기자재 상점의 주인 이름은 알았다. 또 몇 군데 잡지사 편집자들과 공식적인 직업상의 관계를 유지하고 있었다. 그 이상은 잘 아는 사람도 없었고, 또 그를 잘 아는 사람도 없었다. 집시는 보통 사람들을 친구로 삼기가 어려운 법이다. 그도 일종의 집시 기질이 있는 사람이었다.

킨케이드는 마리안 생각을 했다. 그녀는 9년 전 그를 떠나갔다. 5년 동안의 결혼 생활 후였다. 이제 그가 쉰두 살이니, 그녀는 마흔 살이 채 안 되었으리라. 마리안은 음악가가 되겠다는 꿈이 있었다. 포크 싱어가. 그녀는 위버스의 노래 전부를 잘 알았고, 시애틀의 커피점 몇 군데에서 그 노래들을 굉장히 잘 불렀다. 예전에 킨케이드는 집에 있을 때면 그녀를 태우고 재즈 연주회장에 가서 그녀가 노래하는 동안 관객석에 앉아 있곤 했다.

그가 장기간 집을 비우는 일이 — 어떤 때는 두 달, 석 달씩 — 결혼 생활을 어렵게 만들었다. 그도 그것을 알고 있었다. 처음 그들이 결혼하기로 결정했을 때 마리안도 그가 무슨 일을 하는지 알았고, 두 사람 다 애매하게나마 어떻게든 잘해 나갈 수 있으리라고 생각했다. 하지만 잘되질 않았다. 어느 날 그가 아이슬란드에서 촬영을 마치고 집에 돌아오니 그녀는 떠나고 없었다. 쪽지에는 이렇게 쓰여 있었다. '로버트, 잘되질 않았어요. 당신에게 하모니 기타를 남기고 가요. 계속 연락하세요.'

그는 계속 연락하지 않았다. 그녀 또한 마찬가지였다. 1년 후 이혼 서류가 오자 그는 서명하고, 다음 날 비행기를 타고 오스트레일리아로 날아갔다. 마리안은 자유 외에는 아무것도 요구하지 않았다.

그는 밤늦게 몬태나주의 칼리스펠에서 차를 세웠다. '코지 인'은 숙박비가 비쌀 것 같지 않았고, 과연 그랬다. 그는 객실로 소지품을 옮겼다. 테이블 램프 둘 중 하나는 전구가 나가서 들어오지 않았다. 침대에 누워《아프리카의 푸른 산들》을 읽으면서 맥주를 마시노라니 칼리스펠의 제지 공장에서 흘러나오는 냄새를 맡을 수 있었다. 아침에 그는 40분간 조깅을 하고, 팔굽혀펴기를 쉰 개 했다. 그리고 카메라를 아령 삼아 늘 하는 체조를 했다.

몬태나의 꼭대기를 달려 노스다코타주로 접어들었다. 그는 메마르고 평편한 이 지방이 산맥이나 바다만큼이나 매혹적이라는 걸 알게 되었다. 이 지역에는 엄숙한 아름다움 같은 것이 있었다. 킨케이드는 몇 번이나 차를 멈추고, 삼각대를 세우고 고풍스런 농장 건물을 흑백으로 촬영했다. 이런 풍경이 그의 작가적인 구미에 맞았다. 인디언 거주 지역은 쇠락해 가고 있었다. 누구나 다 알고 있으면서도 외면하고 마는 마을. 인디언들이 북서부 워싱턴에 자리 잡았다고 해서 환경이 더 좋아졌다고 할 만한 이유는 없었다. 그가 본 인디언 마을은 어디나 마찬가지였다.

8월 14일 아침, 덜루스를 떠나 두 시간을 달려 그는 북동쪽을 빠져나가 히빙(메사비산맥에 있는 철광석 채굴 중심지: 옮긴이)과 철광산으로 올라가는 뒤쪽 도로를 탔다. 공기 중에 빨간 먼지가 떠다녔고, 커다란 기계와 철광석을 슈피리어호의 운송선으로 실어 나르도록 특별히 고안된 기차가 있었다. 킨케이드는 히빙을 둘러보면서 오후 한나절을 보냈다. 밥 딜런이 출생한 곳이었지만 그의 마음에는 별로 들지 않았다.

밥 딜런의 노래 가운데 그가 정말로 좋아하는 곡은 〈북부 지방에서 온 소녀〉 딱 한 곡이었다. 그는 그 노래를 연주하면서 노래할 수 있었다. 킨케이드는 그곳을 뒤로하면서 혼자 노래를 흥얼거렸다. 마리안은 그에게 코드 몇 개와 초보적인 기타 반주법을 가르쳐 주었다.

"내가 그녀에게 남겨 준 것보다 그녀가 내게 남겨 준 게 더 많았지요."

전에 그는 아마존 유역 어느 곳의 '맥컬로이 바'라는 곳에서 어떤 주정뱅이 뱃사람에게 그렇게 말한 적이 있었다. 그 말은 사실이었다.

슈피리어 국유림은 근사했다. 정말 멋졌다. 뱃사공의 고장. 킨케이드는 어렸을 때 배로 운송하는 시절이 끝나지 않았으면 하고 바란 적이 있었다. 그러면 그도 뱃사람이 될 수 있을 테니까. 그는 초원 근처를 달리면서 세 마리의 어미 사슴과 수많은 아기 사슴들, 그리고 붉은 여우를 보았다. 연못에서 차를 멈추고, 이상한 모양의 나뭇가지가 물에 그림자를 드리운 장면을 몇 장 찍었다. 촬영을 끝내고 그는 트럭 뒤 칸에 걸터앉아서 커피를 마시고 카멜 한 대를 피우면서 자작나무 숲에 바람 드는 소리에 귀를 기울였다.

'누군가, 여자가 있으면 참 좋을 텐데.'

그는 담배 연기가 연못 위로 날아가는 것을 지켜보면서 생각했다.

'나이가 드니 마음이 이상해지는군.'

하지만 그가 집을 떠나 있는 일이 너무 잦으니 집에 남은 사람에게는 고통일 터였다. 이미 겪어 봐서 알고 있는 사실이었다.

킨케이드는 벨링햄의 집에 있을 때면 시애틀의 광고 대행사에서 부장으로 일하는 여자와 이따금씩 데이트를 했다. 그녀와는 공동 작업을 하면서 만나게 되었다. 여자는 마흔두 살이었고, 밝고 좋은 사람이었다. 하지만 킨케이드는 그녀를 사랑하지 않았고, 사랑하게 될 것 같지도 않았다.

그래도 때때로 두 사람 다 약간 외로울 때면, 저녁 시간을 함께 보내곤 했다. 영화관에 가고, 맥주를 홀짝이고, 상당히 근사한 사랑의 행위를 나누었다. 그녀는 여러 가지 경험을 많이 한 여자였다. 두 번 결혼한 경험이 있었고, 대학에 다니면서는 몇 군데 바에서 웨이트리스로 일했었다. 정사를 나눈 후 함께 누워 있을 때면 그녀는 어김없이 이렇게 속삭이곤 했다.

"당신, 최고예요, 로버트. 누구와도 비교할 수 없어요. 누구도 당신을 따라잡기는 불가능할 거예요."

남자라면 누구라도 듣기 좋아할 말이라고는 생각했지만, 그렇게 경험이 많지 않은 그로서는 그녀가 진실을 말하고 있는지 아닌지 알아낼 방도가 없었다. 하지만 한번은 그녀가 그의 마음을 맴도는 이야기를 했다.

"로버트, 당신 안에는 내가 들춰낼 수 없는 뭔가가 있어요. 나는 거기에 닿을 힘이 없어요. 때때로 당신이 여기 오랫동안, 한 사람의 생애보다도 더 오랫동안 있었던 것 같은 느낌이 들 때가 있어요. 다른 사람들은 꿈도 꾸지 못할 혼자만의 공간에 살고 있는 것 같은 느낌이 들 때가 있다고요. 당신은 내게 다정하게 대해 주지만, 나는 당신이 두려울 때가 있어요. 당신을 향하는 내 마음을 제어하려고 나 자신과 싸우지 않으면 난 내 중심을 잃게 되고 말 거예요. 그래서 다시는 찾지 못할 것 같은 기분이 들어요."

그는 어렴풋이나마 그녀가 무슨 말을 하고 있는지 알았다. 하지만 그로서도 어쩔 도리가 없는 일이었다. 킨케이드는 오하이오주의 작은 마을에서 자라던 소년 시절에도 생각이 많은 아이였다. 넘쳐 나는 생각들을 주체하지 못하고 비극적인 감상에 잠기곤 했다. 다른 아이들이 〈저어라, 저어라, 노를 저어라〉 같은 노래를 부를 때면 그는 그 영어 가사를 프랑스의 카바레 노래에 갖다 붙이곤 했다.

그는 낱말과 이미지를 좋아했다. '블루'라는 말이 그가 가장 좋아하는 단어였다. 그 말을 할 때, 입술과 혀가 만들어 내는 느낌이 좋았다. 어릴 적부터, 낱말에는 단순한 의미뿐만 아니라 뭔가 느낌이 있다는 것을 알고 있었다. 킨케이드는 또 '머나먼', '나무를 땐 연기', '고속도로', '옛날', '통과', '뱃사람', '인디아' 같은 낱말을 좋아했다. 이런 말이 소리 나는 방식과 혀끝에 맴도는 감칠맛, 또 마음속에 떠오르는 이미지가 마음에 들었다. 그는 좋아하는 낱말을 적은 목록을 벽에 붙여 놓았다.

그리고 또 낱말들을 조합해 구절을 만든 다음 벽에 붙여 놓곤 했다:

가까이 하기엔 너무 뜨거운 불.

나는 몇 안 되는 여행자 무리와 함께 동쪽에서 왔다.

나를 구해 주려는 사람들과 나를 팔려는 사람들은

계속 즐거운 듯 지껄인다.

부적이여, 부적이여, 내게 너의 비밀을 보여 달라.
키잡이여, 키잡이여, 나를 집으로 데려가라.

푸른 고래들이 헤엄치는 곳에 벌거벗고 누워 있기.

그녀는 그가 겨울의 역을 떠나는 증기 기관차이기를 원
했다.

어른이 되기 전에 나는 화살이었네 ─
아주 오래전에.

자신이 좋아하는 이름을 적은 목록도 있었다. 소말리
해류, 빅해쳇산맥, 말라카 해협, 그리고 다른 이름도 길게
쓰여 있었다.

그의 어머니조차도 그가 뭔가 남다르다는 것을 눈치챘
다. 킨케이드는 한 마디 말도 하지 못하다가 세 살이 되자
어느새 완전한 문장으로 말하기 시작했고, 다섯 살 무렵에
는 무엇이나 거침없이 읽게 되었다. 그는 학교에서는 무덤

덤한 학생이어서 선생님들을 조바심 나게 했다.

학교 선생님들은 그의 아이큐 지수를 보고 그에게 성취에 대해, 그가 무엇을 할 수 있는지에 대해 말해 주었다. 너 정도의 수준이라면 되고자 하는 것은 무엇이든 될 수 있을 거라는 말도 해 주었다. 고교 선생님 한 분은 그에 대한 평가를 이렇게 썼다. '그는 아이큐 지수가 사람의 능력을 평가하는 데 좋지 못한 방법이라고 믿는다. 아이큐 테스트가 사람의 신비스러운 일면은 설명하지 못하기 때문이라고 한다. 신비스러움은 그 자체로도 중요하고, 또 논리적인 것의 보완물로도 중요하다고 믿고 있다. 그의 부모와 면담이 필요하다.'

그의 어머니는 선생님 몇 분과 만났다. 선생님들은 로버트가 뛰어난 능력을 지니고 있으면서도 괴팍스런 면이 있다고 말했다. 그러자 그의 어머니는 이렇게 말했다.

"로버트는 자기가 만든 세계 속에서 살고 있어요. 내 아들인 것이 분명한데도 이따금씩은 그 애가 남편과 나 사이에서 나온 것이 아닌 것 같아요. 그 애가 돌아가려고 애쓰는 다른 세상에서 이 세상으로 유배된 아이 같다는 기분이 들 때가 있어요. 아들애에게 관심을 기울여 주셔서 감사합니다. 그 애에게 학교에서 더 잘하라고 한 번 더 용기를 북돈위 주겠습니다."

킨케이드는 지방 도서관에서 모험 소설과 여행에 관한 책을 뒤적이며 시간을 보내곤 했다. 무도회나 풋볼 게임 같은 떠들썩한 일은 질색이었다. 홀로 지내면서 마을의 구석을 따라 흐르는 강에서 시간을 보내는 것이 좋았다. 그는 낚시를 하고 수영을 하고 산보를 했다. 또 키 높이만큼 자란 풀밭에 누워, 어딘가 멀리서 들려오는 목소리에 귀를 기울이기도 했다.

"저곳에는 마법사가 있어. 가만히 귀를 열고 있으면 마법사의 소리가 들리지."

그는 혼잣말로 중얼거리곤 했다. 그리고 이런 순간을 함께 나눌 개를 한 마리 가지고 있었으면 하고 바랐다.

대학에는 진학할 만한 돈이 없었다. 가고 싶은 마음도 없었다. 그의 아버지는 열심히 일했고 어머니와 그에게 잘해 주었지만, 밸브 공장에서 일하는 것으로는 개를 키울 비용을 대는 것을 비롯해 다른 일을 할 만한 여유가 없었다. 아버지가 죽었을 때 그는 열여덟 살이었고, 대공황의 바람이 심하게 불어닥쳤다. 그는 어머니와 자신의 생계를 위해 군대에 자원했다. 그리고 4년간 군대에 복무했지만 그 4년이 그의 인생을 바꾸어 놓았다.

군대 상급자들이 무슨 생각에서 그랬는지, 카메라 조작 법조차 모르는 그를 사진사 보조 업무에 배치했다. 하지만 그 일은 그의 직업이 되었다. 그에게는 사진 기술을 배우는 일이 너무 쉬웠다. 한 달도 지나지 않아 킨케이드는 두 명의 정식 사진사들을 도와 암실 작업을 하는 것뿐만 아니라 간단한 피사체는 직접 촬영해도 좋다는 허락까지 얻었다.

사진사 중 한 사람인 짐 피터슨은 그를 좋아해서, 특별히 시간을 내 사진 기술을 가르쳐 주었다. 로버트 킨케이드는 포트 몬머스 시립 도서관에서 사진 서적과 예술 서적을 읽으며 공부했다. 그는 특히 프랑스 인상파 화가들과 렘브란트의 광선 이용법을 좋아했다.

그는 곧 터득하기 시작했다. 사진을 찍는 대상은 피사체가 아니라 빛이라는 것을. 피사체는 단지 빛을 반사하는 수단에 불과했다. 광선이 좋으면 언제나 촬영할 만한 것을 찾아낼 수 있었다. 그때 35밀리미터 카메라가 쏟아져 나오기 시작했고, 그는 그 지방 상점에서 중고 라이카 카메라 한 대를 샀다. 킨케이드는 그걸 가지고 뉴저지주의 케이프 메이로 가서 일주일 휴가 내내 해안을 따라 사는 인생들을 촬영했다.

또 메인주까지 버스를 타고 가서 히치하이킹으로 해안

을 거슬러 올라갔다가, 우편선을 타고 스토닝턴에서 아일
오 호트까지 간 후 여객선 편으로 펀디만에서 노바스코샤
주까지 간 일도 있었다. 그는 촬영을 위해 다시 가 보고 싶
은 지역을 메모하기 시작했다. 그가 스물두 살의 나이에
군대에서 제대했을 때는 상당히 괜찮은 사진사가 되어 있
었고, 그래서 뉴욕에서 유명 패션 사진작가를 돕는 일자리
를 얻었다.

여자 모델들은 아름다웠다. 그는 몇 명의 모델과 데이
트를 하고 한 사람이랑은 조금 사랑에 빠졌는데, 그녀가
파리로 옮겨 가는 바람에 헤어지게 되었다. 그녀는 그에게
말했다.

"로버트, 당신이 누구인지, 어떤 사람인지 정확히 알 수
는 없지만 파리로 나를 만나러 와 줘요."

그는 그러겠다고 대답했고, 그렇게 말할 때는 정말 그
럴 의도였지만 정작 실행에 옮기지는 못했다. 몇 년 후 그
는 노르망디 해안에서 사진 작업을 하면서, 파리에서 간행
된 책 속에서 그녀의 이름을 발견하고 그녀에게 전화를 걸
었다. 그래서 둘은 노천 카페에서 커피를 마셨다. 그녀는
영화감독과 결혼해서 세 아이의 엄마가 되어 있었다.

그는 패션이라는 아이디어에 열중할 수가 없었다. 사람

들은 유럽 패션 비평가들의 조언에 따라 춤을 추었다. 완벽하게 훌륭한 옷이라도 서둘러 벗어 던졌고, 서둘러 새 옷을 지어 입었다. 킨케이드에게는 멍청한 짓 같기만 했다. 그는 사진을 찍으면서 자신이 왜소해진 기분이었다. 그 일을 그만두고 나서 그는 자신에게 말했다. '생긴 대로 살자'고.

그의 어머니는 그가 뉴욕에서 일한 지 두 해째 되었을 때 죽었다. 그는 오하이오로 돌아가서 어머니를 묻었고, 변호사 앞에 앉아서 그가 읽는 유서 내용을 들었다. 유산은 별로 없었다. 뭐가 있으리라고 기대하지도 않았는데, 부모가 결혼한 이래 계속 살았던 프랭클린 거리의 작은 집이 은행 빚도 없이 고스란히 그의 몫으로 남겨졌다는 사실에 그는 깜짝 놀랐다. 그는 그 집을 팔아 일류 기재를 샀다. 카메라 세일즈맨에게 돈을 치르면서 그는 아버지가 그 돈을 벌려고 일했던 세월과 부모의 검소했던 삶을 생각했다.

그가 작업한 사진의 일부가 작은 잡지에 실리기 시작했다. 그러자 《내셔널 지오그래픽》에서 전화가 왔다. 그들은 킨케이드가 케이프 메이에서 찍은 달력 사진을 봤다고 했다. 그는 《내셔널 지오그래픽》지 사람들과 이야기를 나누었고, 간단한 일을 맡았다. 전문가답게 처리한 덕분에 정식으로 계약을 하고 일하게 되었다.

1943년, 군대에서 그를 다시 불러들였다. 킨케이드는 해군과 함께 남태평양으로 갔다. 어깨와 등에 카메라를 둘러메고, 상륙 작전을 하는 모습을 찍었다. 그는 그들의 얼굴에 어린 공포를 보았고 자신도 공포를 느꼈다. 기관총을 맞고 몸뚱이가 반으로 토막 나는 것을 보았고, 그들이 하느님과 어머니를 부르며 도와달라고 외치는 것도 보았다. 그는 그 모든 것을 찍었고, 살아남았다. 영광과 낭만이 넘치는 전쟁 사진은 찍은 적이 없었다.

1945년 제대한 후, 그는《내셔널 지오그래픽》에 전화했다. 그쪽에서는 언제라도 그에게 일을 맡길 준비가 되어 있었다. 킨케이드는 샌프란시스코에서 오토바이를 한 대 사서 남쪽으로 달려 빅서로 갔다. 그리고 카멜 출신의 첼리스트와 해변에서 사랑을 나누다가, 워싱턴주를 탐사하려고 다시 북쪽으로 갔다. 그는 그곳이 마음에 들어서 정착하기로 마음먹었다.

이제 쉰두 살의 나이에 그는 아직도 광선을 바라보고 있었다. 그는 소년 시절 벽에 붙여 놓은 거의 모든 장소에 가 보았고, 래플즈 바에 앉아 있거나, 칙칙 소리가 나는 배를 타고 아마존을 거슬러 올라가거나, 낙타를 타고 라자스

탄의 사막을 건널 때는 그런 곳을 방문해 그곳에 있게 되었다는 사실을 놀라워했다.

슈피리어호는 듣던 것만큼 근사했다. 그는 훗날 참고하려고 몇 군데 표시를 하고 나중을 위해 기억할 만한 곳을 촬영했다. 그리고 남쪽으로 미시시피강을 따라 아이오와주로 향했다. 아이오와주는 초행길이었지만 커다란 강의 북동쪽 언덕을 보는 순간 마음을 빼앗겼다. 클레이톤이라는 작은 마을에서 멈춘 그는, 어떤 어부의 모텔에 투숙하며 이틀 동안의 아침을 예인선을 촬영하며 보냈다. 또 술집에서 만난 뱃사람의 초대로 예인선에서 오후 한나절을 보내기도 했다.

1965년 8월 16일 월요일 아침 일찍, 그는 65번 국도를 돌아 디모인을 통과해 아이오와 92번 도로에서 서쪽으로 꺾어 매디슨 카운티로 향했다. 《내셔널 지오그래픽》에 따르면 그곳에는 지붕이 덮인 다리들이 있다고 했다. 다리는 정말 있었다. 텍사코 주유소에서 일하는 남자는 그렇게 말하고, 다리까지 가는 길을 제대로 알려 주었다. 모두 일곱 개였다.

처음 여섯 군데는 사진 촬영을 위해 지도를 보고 전략을 제대로 짰으므로 수월하게 찾았다. 일곱 번째의 로즈먼 다리는 찾을 수가 없었다. 더운 날씨였고, 그도 더웠다. 해리 — 그의 트럭 — 도 더웠고, 그는 끝없이 이어질 것 같은 자갈길 주변을 맴돌았다.

외국에 갈 때면, '세 번 물어보라.'를 마음속에 철칙으로 정해 놓고 있는 그였다. 세 가지 답을 얻으면, 하나같이 잘못된 대답이라고 해도 차츰 가고 싶은 곳에 가까이 다가가게 되어 있었다. 어쩌면 이곳에서는 두 번만 물어도 충분하리라. 앞쪽에 우편함이 나타났다. 그것은 100야드가량 되는 길의 끝에 세워져 있었다. 상자에는 '리처드 존슨, RR2'라고 쓰여 있었다. 그는 도움을 구하기 위해 속도를 늦추어 길을 따라 올라갔다.

그가 마당에 들어서자 현관문 앞에 어떤 여자가 앉아 있었다. 그곳은 시원해 보였고, 여자는 그보다 훨씬 더 시원해 보이는 뭔가를 마시고 있었다. 그녀가 현관에서 내려와 그가 있는 쪽으로 다가섰다. 킨케이드는 트럭에서 내려 그녀를 바라보았다. 자세히, 더 자세히 그녀를 보았다. 아름다웠다. 적어도 예전에는 아름다웠을 얼굴이었고, 다시 아름다워질 수 있는 얼굴이었다. 그는 예전부터 조금이라도 끌리는 여자를 만날 때면 늘 겪게 되는 다루기 힘든 감정을 느끼기 시작했다.

프란체스카

프란체스카의 생일은 깊은 가을이었다. 찬비가 남부 아이오와주 시골에 있는 그녀의 집 창을 때렸다. 그녀는 빗줄기를 바라보다가, 빗줄기 사이로 미들강 언덕을 따라 시선을 옮겨 가며 리처드를 떠올렸다. 그는 8년 전, 그녀로서는 기억하고 싶지 않은 병으로 죽었다. 하지만 프란체스카는 이제 그를 기억하면서 변함없이 친절하고, 한결같으며, 그리고 그녀에게 편안한 인생을 선물해 준 그의 모습을 생각했다.

아이들에게 전화가 왔다. 그녀는 올해 67번째 생일을 맞았지만 두 아이 다 집에 올 수가 없었다. 그녀는 언제나처럼 이해했다. 언제나 그랬다. 늘 그럴 것이고. 아이들 둘 다 한창 일할 때였다. 병원을 운영하느라, 학생들을 가르

치느라 일에 휘둘리며 살았다. 마이클은 두 번째 결혼 생활에 접어들었고, 캐롤린은 첫 번째 결혼 생활에 고군분투하는 중이었다. 사실 프란체스카는 아이들이 올 수 없었던 것이 내심 다행스러웠다. 그녀는 그날을 위해 나름대로 의식을 준비하고 있었으니까.

이날 아침 윈터셋에 사는 친구들이 생일 케이크를 가지고 들렀다. 프란체스카는 커피를 만들었고, 손주 이야기에서 그 지역 이야기로, 추수 감사절 이야기로, 크리스마스에 누구에게 무엇을 사 줄 것인가 하는 이야기로 이어졌다. 거실에서는 나직하게 웃음소리가 났고 말소리가 커졌다 작아졌다 하면서 편안한 분위기가 이어졌다. 리처드가 죽은 후에도 이곳에 머무르는 작은 이유 가운데 하나가 바로 이런 점 때문이었다.

마이클은 플로리다로 오라고 권했고 캐롤린은 뉴잉글랜드로 이사하라고 했다. 하지만 그녀는 남부 아이오와의 언덕들을 바라보며 그 땅에서 살고 싶었다. 거기에는 특별한 이유가 있었다. 그래서 예전 주소를 그대로 간직하며 살았고, 그러는 것이 얼마나 다행인지 몰랐다.

프란체스카는 점심때쯤 떠나는 친구들을 배웅했다. 그들은 뷰익과 포드를 몰고 도로를 따라 가다가 포장된 시골

길로 들어서서 윈터셋으로 향했다. 와이퍼가 움직이며 빗방울을 밀어냈다. 그들은 프란체스카의 마음속에 무엇이 자리하고 있는지 이해하지 못할 테고, 말해 준다고 해도 이해하려 들지 않을 것이다. 하지만 그래도 좋은 친구들이었다.

남편은 전쟁이 끝난 후 나폴리에서 이곳으로 그녀를 데려오면서 좋은 친구들을 찾게 될 거라고 했었다. 그는 이렇게 말했다. "아이오와 사람들은 결점이 있기는 하지만, 누구 하나 다정하지 않은 사람이 없거든."

그 말은 옳았고, 지금도 그랬다.

그들이 만날 때 그녀는 스물다섯 살이었다. 대학을 졸업한 지 3년이 지났고, 사립 여학교에서 선생 노릇을 하면서 인생에 대해 의구심을 느낄 무렵이었다. 대부분의 이탈리아 청년은 죽거나 부상을 당하거나 포로수용소에 있었다. 아니면 전쟁 중에 몸을 완전히 망쳤거나. 대학의 미술 교수로 하루 종일 그림을 그리다가 밤이면 그녀를 데리고 나폴리 뒷골목을 쏘다니던 니콜로와의 관계는 1년간 지속되었지만, 보수적인 부모가 끝까지 반대하는 바람에 손을 들고 말았다.

그녀는 검은 머리에 리본을 두르고 꿈에 매달려 살았다. 하지만 어떤 미남 선원도 그녀를 찾으러 오지 않았고, 거리에서 그녀의 위층 창문에 대고 그녀를 부르는 목소리도 없었다. 압박해 오는 현실감이 그녀에게 선택의 여지가 제한되어 있다는 사실을 깨닫게 해 주었다. 리처드는 그럴 듯한 대안을 제시했다. 그는 친절했고, 미국으로의 달콤한 꿈을 내밀었다.

지중해의 햇살을 받으며 함께 카페에 앉아 있을 때면, 프란체스카는 군복 차림의 그를 찬찬히 살폈다. 그가 중서부인답게 진지한 눈빛으로 그녀를 바라보고 있다는 것을 확인한 후, 그와 함께 아이오와로 왔다. 그의 아이들을 낳게 되었고, 추운 10월 밤에 마이클이 풋볼 경기를 하는 것을 보게 되었고, 캐롤린을 데리고 디모인으로 댄스파티용 드레스를 사러 가게 되었다. 그녀는 매년 몇 차례씩 나폴리에 사는 언니와 서신 왕래를 했고, 어머니와 아버지가 죽었을 때 두 차례 그곳에 갔다. 하지만 이제는 매디슨 카운티가 그녀의 집이었고, 다시 나폴리로 돌아가고 싶은 열망 따위는 없었다.

한낮에 비가 멈추더니 저녁이 되기 전에 다시 내리기 시작했다. 어스름 무렵, 프란체스카는 작은 잔에 브랜디를 따르고, 리처드가 쓰던 뚜껑 달린 책상 맨 아래 서랍을 열었다. 리처드네 집안에서 3대째 대물림해 온 호두나무 책상이었다. 그녀는 마닐라지 봉투를 꺼내어 천천히 쓰다듬었다. 매해 이날이면 그래 왔듯이.

'워싱턴주 시애틀, 1965년 9월 12일'이라는 소인이 찍혀 있었다. 그녀는 늘 먼저 소인을 보았다. 그것은 의식의 일부분이었다. 그러고 나서 길쭉하게 쓴 주소, '프란체스카 존슨, RR2, 아이오와주 윈터셋'. 다음에는 봉투 왼편 상단에 아무렇게나 갈겨쓴 보낸 사람의 주소. '사서함 642, 워싱턴주 벨링햄'. 그녀는 창가에 놓인 의자에 앉아서 주소들을 들여다보며 신경을 모았다. 왜냐하면 거기에는 그의 손 움직임이 담겨 있었으니까. 그녀는 22년 전 그의 손길을 다시 느끼고 싶었다.

그의 손길이 그녀의 몸에 닿는 것을 느낄 수 있을 때, 그녀는 봉투를 열어 조심스럽게 편지 석 장과 짤막한 원고, 사진 두 장, 《내셔널 지오그래픽》 한 권과 다른 잡지에서 오린 기사들을 꺼냈다. 저녁 어스름이 내리기 시작하는 그곳에서 그녀는 브랜디를 홀짝이며, 유리잔 너머로 타자 친 원고 위에다 직접 손으로 써서 붙인 메모를 보았다. 그의 전용 편지지에 쓴 편지였다. 단순한 편지지 위쪽에는 분명한 활자로 '로버트 킨케이드, 작가이자 사진작가'라고만 쓰여 있었다.

1965년 9월 10일

친애하는 프란체스카,

사진 두 장을 동봉하오. 하나는 해 뜰 무렵 초원에서 찍은 당신 사진이오. 당신이 나처럼 그 사진을 마음에 들어 했으면 좋겠소. 또 하나는 당신이 붙여 놓은 쪽지를 떼기 전의 로즈먼 다리를 찍은 것이오.

나는 여기 앉아 잿빛 마음으로 우리가 함께했던 시간의 한 순간 한 순간을 더듬고 있다오. 내 자신에게 여러 번 되풀이해서 묻소. '아이오와의 매디슨 카운티에서 내게 무슨 일이 벌어졌는가?'라고. 그리고 그 기억을 되살리려고 무진 애를 쓴다오. 바로 그런 이유 때문에 여기 동봉한 'Z차원에서의 추락'이라는 가벼운 글을 적었소. 내 혼돈을 정리하려는 노력의 일환으로 말이오.

렌즈통을 내려다보면 그 끝에 당신이 있소. 나는 글을 쓰기 시작했소. 당신에 대해서 말이오. 아이오와에서 이곳까지 어떻게 돌아왔는지 알 수가 없소. 어쨌든 털털이 트럭이 나를 이곳까지 데려다주었지만, 온 길을 거의 기억할 수가 없다오.

몇 주 전 나는 자기충족감을, 상당한 만족을 느꼈소. 어쩌

면 심오한 행복은 아니겠지만, 약간의 외로움이 섞인 것이
겠지만, 적어도 만족스럽기는 했소. 아무튼 모든 것이 변해
버렸소.

오랫동안 내가 당신을 향해, 당신이 나를 향해 움직이고
있었다는 것은 이제 분명하오. 우리가 만나기 전에는 서로
를 몰랐지만, 분명히 우리가 함께 되리라는 확신이 우리가
모르는 가운데도 저 가슴 밑바닥에서 쾌활하게 콧노래를 부
르고 있었던 것이오. 하늘의 부름을 받아 광활한 초원을 나
는 외로운 두 마리 새처럼, 그 모든 세월과 인생 동안 우리
는 서로를 향해 움직이고 있었던 거요.

그 길은 정말 이상한 곳이오. 8월의 어느 날, 길을 따라가
다가 고개를 들어 보니 당신이 잔디밭을 지나 내 트럭으로
다가오고 있었소. 되돌아보면 피할 수 없는 일이었던 듯싶
소. 달리는 될 수가 없었던 것 같소. 어쨌든 거짓말 같은 현
실이 눈앞에 펼쳐진 것이오.

그래서 나는 여기서 내 안에 있는 다른 사람과 함께 거닐고
있소. 우리가 헤어지던 날, 내가 말했지요. 우리 둘에서 제3의
인물이 창조되었다고. 그 말이 참 적절한 표현이었다는 생각
이 드오. 그리고 이제 그 다른 존재가 내게 접근하고 있소.

어떻게든 우리는 다시 만나야 하오. 어디서든, 언제든.

뭐가 필요하거나 그냥 나를 보고 싶거나 하면 내게 전화해요. 난 언제든지 당신이 부르는 곳으로 달려갈 준비가 되어 있소. 언제 여기 올 수 있는지 내게 알려 줘요. 언제라도. 비행기 비용이 문제라면 내가 어떻게 해 볼 수 있소. 다음 주에는 인도 남동부로 가지만 10월 하순에는 돌아올 거요.

당신을 사랑하는, 로버트

추신: 매디슨 카운티에서 찍은 사진이 잘 나왔소. 내년 《내셔널 지오그래픽》을 찾아봐요. 혹시라도 내가 잡지를 한 권 보내 주길 원한다면 말만 해요.

프란체스카 존슨은 브랜디 잔을 널찍한 참나무 창틀 위에 내려놓고, 그녀가 찍힌 8×10 사이즈의 흑백 사진을 들여다보았다. 22년 전, 그 당시에 그녀가 어떤 모습인지 기억하기 어려울 때가 가끔 있었다. 몸에 끼는 물 빠진 청바지, 샌들, 하얀 티셔츠 차림으로 울타리 기둥에 기대선 그녀의 머리칼이 아침 바람에 흩날리고 있었다.

그녀는 창문을 통해 빗줄기 사이로 여전히 초원을 둘러싸고 있는 낮은 울타리 기둥을 볼 수 있었다. 리처드가 죽은 후 그 땅을 임대해 주면서 그녀는 초원을 손대지 말고 계속 보존해야 한다는 조건을 붙였다. 비록 지금은 텅 비어 풀만 자라게 되었지만.

얼굴에 심각하게 주름이 지기 시작한 것이 사진에 드러났다. 그의 카메라는 그것을 놓치지 않았다. 하지만 프란체스카는 사진 속의 모습이 마음에 들었다. 머리카락은 까맣고, 알맞게 부푼 몸은 따스한 느낌이었고, 청바지를 입은 모습이 보기 좋았다. 하지만 그녀가 물끄러미 바라보는 것은 얼굴이었다. 그 사진을 찍은 남자와 절실하게 사랑에 빠진 여자의 얼굴.

그녀는 밀려드는 추억 속에서 그의 얼굴 또한 분명히 그릴 수 있었다. 해마다 프란체스카는 마음속으로 그 모든 이미지를 떠올렸다. 빈틈없이, 모든 것을 기억했다. 세대에서 세대로 구전되는 어느 부족의 역사처럼, 기억의 구석구석을 더듬으며 모든 것을 그려 보았다. 그는 키가 훌쩍 크고, 마른 몸은 단단했다. 그는 아무 노력도 하지 않고 풀잎 그 자체처럼 우아하게 움직였다. 은빛이 도는 회색 머리가 귀 아래까지 내려온 모습이 언제나 빗질하지 않은 것처럼 보였다. 모진 바람을 맞으며 오랫동안 바다를 여행하고 돌아와 대충 손가락 빗질을 한 듯한 모습이었다.

갸름한 얼굴, 튀어나온 광대뼈, 그리고 머리칼이 찰랑이는 이마. 그 아래로는, 다음에 촬영할 대상을 찾는 일을 멈춰 본 적이 없을 것 같은 약간 푸른 눈동자. 그는 프란체스카에게 미소를 지으면서, 이른 광선 속에 서 있는 그녀의 모습이 얼마나 멋지고 따스한지 말했다. 또 기둥에 등을 기대 보라고 요구하고 나서 넓게 원을 그리며 그녀 주위를 빙빙 돌았다. 무릎을 꿇고 사진을 찍다가 일어나서 찍고, 또 누운 채로 카메라를 그녀에게 들이대기도 했다.

프란체스카는 그가 사용하는 필름의 양에 약간 놀랐지만, 그가 쏟는 관심이 크다는 사실이 기뻤다. 그녀는 일찌감치 트랙터를 타고 나온 이웃들의 눈에 띄지 않기를 바랐다. 이 특별한 아침, 이웃들이 어떻게 생각할지는 별로 신경 쓰지도 않았지만.

그는 셔터를 누르고, 필름을 감고, 렌즈를 바꾸고, 카메라를 바꾸고, 몇 번 더 셔터를 눌렀다. 그는 작업을 하면서 나직하게 그녀에게 속삭였다. 그녀가 얼마나 예쁘게 보이는지, 그가 그녀를 얼마나 사랑하고 있는지.

"프란체스카, 당신은 믿을 수 없을 만큼 아름답소."

때때로 그는 동작을 멈추고 그냥 그녀를 바라보기만 했다. 그녀의 몸을, 그녀의 주변을, 그녀의 마음속을.

면 티셔츠가 딱 달라붙어서 젖꼭지가 선명하게 드러났다. 프란체스카는 이상할 만치 거기에는, 셔츠 안에 아무것도 입지 않았다는 것에는 신경 쓰이지 않았다. 오히려 그 점이 다행스러웠다. 그가 렌즈를 통해 그녀의 가슴을 분명하게 볼 수 있다는 것을 알고 몸이 따스해졌다. 리처드가 곁에 있었다면 이런 식으로 옷을 입지는 않았으리라. 그가 용납하지도 않았을 테고. 사실 로버트 킨케이드를 만나기 전에는 어느 때도 이런 차림을 해 본 적이 없었다.

로버트는 그녀에게 등을 약간 굽히라고 요구하고 나서 속삭였다.

"그래요, 바로 그거요. 그대로 있어요."

지금 그녀가 보고 있는 사진을 찍은 것이 바로 그때였다. 광선이 완벽했다. 그가 그렇게 말했다. 그는 '구름이 깔린 밝음'이라고 이름 지었다. 그녀 주변을 돌면서 그는 규칙적으로 셔터를 눌러 댔다.

그는 유연했다. 그녀가 그를 바라보면서 내내 생각했던 것이 바로 그 단어였다. 쉰두 살 된 그의 몸은 잘빠진 근육뿐이었다. 힘들여 일하고 자신을 돌볼 줄 아는 남자들에게서만 볼 수 있는 강인하고 힘차게 움직이는 근육이었다. 그는 그녀에게 태평양전쟁에서 종군 사진작가로 복무했다는 이야기를 했고, 프란체스카는 그가 해군과 함께 연기가 피어오르는 해변에 오르는 모습을 상상할 수 있었다. 목에 카메라 몇 대를 걸고, 한 대는 두 손으로 붙잡고 한쪽 눈으로는 렌즈를 들여다보면서 연신 셔터를 눌러 댔으리라.

그녀는 다시 사진을 쳐다보다가 찬찬히 살폈다. 보기 좋은 모습이라고 생각하자니 약간의 자화자찬 같아 슬며시 웃음이 났다.

'그 전에도, 그 이후에도 이렇게 좋아 보인 적은 없었지. 바로 그이 때문이었어.'

그리고 그녀는 브랜디를 한 모금 더 마셨다. 그사이 빗줄기가 솟아올라 11월의 바람에 실려 다녔다.

로버트 킨케이드는 일종의 마법사였다. 그는 기이하고, 위험하다고까지 할 만한 곳에 파묻혀 사는 사람이었다. 프란체스카는 1965년 8월의 무덥고 건조했던 월요일, 그가 트럭에서 내려 그녀의 집 진입로로 들어왔을 때, 곧바로 그것을 알아차렸다. 리처드와 아이들은 일리노이주 박람회에 가고 없었다. 박람회에서는 수송아지 품평회가 열리고 있었고, 그 바람에 프란체스카는 그 주일을 홀로 지냈다. 남편과 아이들을 송아지들에게 빼앗긴 셈이었다.

그녀는 현관 앞 그네에 앉아 아이스티를 마시면서, 픽

업트럭이 일으키는 먼지바람을 멍하니 바라보고 있었다. 트럭은 천천히 움직였다. 운전사가 뭔가 찾고 있는 것 같았다. 그러더니 그녀의 집 앞길에 멈췄다가 그녀의 집 쪽으로 올라왔다. 아, 하느님 맙소사. 도대체 누굴까?

프란체스카는 맨발에 청바지와 물 빠진 청색 작업복 셔츠를 밖으로 내서 입고 소매를 둘둘 말아 올리고 있었다. 긴 검은 머리는, 그녀가 고국을 떠날 때 아버지가 준 거북 껍데기 핀으로 묶고 있었다. 트럭은 집 앞길을 올라오더니 문 근처, 집을 둘러싸고 있는 철책에서 멈춰 섰다.

프란체스카는 현관에서 내려와 서두르지 않고 잔디밭을 통해 문으로 다가갔다. 그러자 픽업트럭에서 로버트 킨케이드가 나왔다. 《삽화로 본 샤먼의 역사》라는 책을 누군가 쓴다면, 그 책 속에나 등장할 법한 모습의 사내였다.

그가 입은 낡은 군대 스타일의 셔츠는 땀에 젖어 등에 딱 달라붙어 있었다. 겨드랑이 밑에는 넓고 짙은 색 원들이 얼룩져 있었다. 제일 위 단추 세 개는 풀어 헤쳐져 있어서, 그녀는 그의 목에 걸린 단순한 사슬 모양의 은목걸이 바로 밑의 단단한 가슴 근육을 볼 수 있었다. 어깨에는 오렌지색의 넓은 멜빵을 하고 있었다. 황야에서 많은 시간을 보내는 사람들이 하는 멜빵이었다.

킨케이드는 미소 지었다.

"방해를 해서 죄송합니다만, 이쪽 어디엔가 있다는 지붕 덮인 다리를 찾고 있는데 쉽지가 않군요. 여기 어디서 길을 잃은 듯합니다."

그는 파란 손수건으로 이마를 훔치고 다시 미소 지었다.

그의 눈길이 곧장 그녀에게 향하자, 그녀는 속에서 뭔가 끓어오르는 기분이었다. 눈매, 목소리, 얼굴, 은발, 몸을 움직이는 가벼운 동작, 고풍스런 분위기가 감도는 무엇, 사람을 끄는 신경 쓰이는 무엇. 아른아른 잠에 빠지기 직전의 마지막 순간에, 누군가 속삭이는 것 같은 그런 기분. 남성과 여성 사이의 분자 공간을 재배열하는 무엇.

세대는 거듭되어야 한다. 그러기 위해서는 오직 한 가지의 것만이 필요하다. 남녀의 끌어당기는 힘. 그 힘은 무한하고도 아름답다. 이런 힘이 작용하는 목적은 분명하다. 조금도 어긋나는 법 없이 단순하고 또렷하다. 다만 우리가 그것을 복잡하게 보이도록 만드는 것뿐. 프란체스카는 자기도 모르게 그 힘을 느꼈다. 세포 속속들이 자석 같은 그 힘이 작용하고 있었다. 그리고 바로 그 지점에서부터 그녀를 영원히 변하게 하는 일이 시작되었다.

자동차 한 대가 먼지를 흩날리며 달리다가 경적을 울렸

다. 프란체스카는 셰비 승용차의 차창으로 구릿빛 팔을 내민 플로이드 클라크에게 마주 손을 흔들고 다시 낯선 사람에게 몸을 돌렸다.

"굉장히 가까워요. 다리는 여기서 겨우 2마일 정도 떨어진 곳에 있어요."

바로 그때, 20년 동안 이곳에서 시골 문화가 요구하는 대로, 행동과 감정을 제한된 울타리 안에 감추고 산 프란체스카 존슨은 이렇게 말하는 자신에게 놀라지 않을 수 없었다.

"원하신다면 제가 직접 가르쳐 드려도 좋겠는데요."

왜 그랬는지는 그녀도 확신할 수 없었다. 갑자기, 그렇게도 오랜 세월이 흐른 이 마당에, 파도가 부서지는 광경을 바라보던 어린 소녀 시절로 되돌아간 것일까. 그녀는 수줍어하지 않았지만, 너무 나서지도 않았다. 그녀가 결론을 내릴 수 있는 단 한 가지는, 로버트 킨케이드가 어떻게든 그녀를 끌어당겼다는 점이었다. 그를 본 지 단 몇 초 만에.

그는 그녀의 제의를 듣고 눈에 보일 정도로 약간 뒤로 물러섰다. 하지만 재빨리 감정을 수습하고, 진지한 표정으로 그렇게 해 주면 감사하겠다고 대답했다. 농사일을 할 때 신곤 하는 카우보이 부츠를 뒤편 계단에서 집어 올려 신은 프란체스카는, 그의 트럭이 있는 쪽으로 걸어갔다. 그녀는 킨케이드를 따라서 조수석 문이 있는 곳까지 갔다.

"부인이 타실 공간을 만들 시간을 잠깐만 주십시오. 잡동사니가 많이 널려 있어서요."

그는 거의 혼잣말로 중얼거리면서 일을 시작했다. 그녀는 킨케이드가 약간 당황했다는 것을 알아볼 수 있었다. 그는 일이 이렇게 된 것에 대해 약간 수줍어했다.

킨케이드는 캔버스 천으로 된 가방들과 삼각대, 써모스 보온병, 종이 봉지들을 다시 정리했다. 픽업 뒤 칸에는 낡아 빠진 샘소나이트 가방과 기타 케이스가 먼지를 흠뻑 뒤집어쓴 채 빨랫줄로 스페어타이어에 묶여 있었다.

트럭문이 활짝 열리고 그가 뛰어올랐다. 뭐라고 중얼대면서 종이컵과 바나나 껍질을 갈색 봉지에 넣고 정리를 마치자 봉지를 트럭 뒤 칸에 던졌다. 파란색과 흰색이 섞인 아이스박스를 꺼내 그것 역시 뒤 칸에 넣었다. 초록색 트럭 문짝에는 색 바랜 빨간 페인트로 '킨케이드 사진 연구소, 워싱턴주 벨링햄'이라고 쓰여 있었다.

"됐습니다, 이제 겨우 앉으실 수 있을 것 같은데요."

그는 문을 잡고 있다가 그녀가 올라타자 문을 닫고 빙 돌아 운전석으로 갔다. 그리고 동물같이 우아하고 특이한 걸

음걸이로 운전석에 올라탔다. 그는 프란체스카를 쳐다보았다. 재빨리 슬쩍. 그리고 희미하게 미소 지으며 말했다.

"어느 방향이죠?"

"오른쪽이에요."

그녀가 손으로 방향을 가리켰다. 그는 열쇠를 돌렸고, 요란한 엔진 소리가 나면서 차가 출발했다. 도로로 나가는 작은 길을 달리기 시작하자 차가 흔들렸고, 그의 기다란 다리는 자연스럽게 페달을 밟았다. 낡은 리바이스 청바지 아래로, 수없이 먼 길을 돌아다닌 갈색 가죽 부츠가 보였다.

킨케이드는 몸을 기울여 자동차 앞쪽의 소지품을 넣는 함에 손을 뻗었다. 우연히 그의 팔뚝이 그녀의 허벅지 아래쪽을 스쳤다. 반은 앞창을 바라보고, 반은 소지품 함을 쳐다보면서 그는 명함을 꺼내 그녀에게 건네주었다. '로버트 킨케이드. 작가이자 사진작가.' 그의 주소가 전화번호와 함께 적혀 있었다.

"《내셔널 지오그래픽》지에서 의뢰를 받고 왔습니다. 그 잡지에 대해 잘 아시죠?"

그가 말했다.

"네."

프란체스카는 고개를 끄덕이며 생각했다. 그걸 모르는

사람이 어디 있어?

"잡지사 측에서 다리들에 대한 기사를 게재하려고 합니다. 아이오와주의 매디슨 카운티에 흥미를 끌 만한 다리가 있다고 하더군요. 여섯 군데는 찾았는데, 나머지 한 군데는 못 찾았어요. 아마 이쪽으로 가면 나오겠지요."

"'로즈먼 다리'라고 해요."

프란체스카는 바람 소리와 자동차 바퀴 소리, 엔진 소리가 나는 중에도 들릴 수 있게 큰 소리로 말했다. 자신의 목소리가 다른 사람의 목소리처럼 이상하게 들렸다. 나폴리의 어떤 집 창에 기대서서 멀리 아래쪽으로 도시의 도로와 기차, 항구를 내려다보며 멀리 있는 애인이 언젠가는 찾아올 거라고 생각하는 십대 소녀의 목소리 같았다. 그녀는 말을 하면서, 그의 팔 근육이 기어를 변속하면서 이완되는 모양을 지켜보았다.

그녀 옆에는 배낭이 두 개 있었다. 하나는 뚜껑이 닫혀 있었지만 하나는 뒤로 젖혀져 있어서, 제일 윗부분이 은색이고 뒤판은 검정색인 카메라가 튀어나온 것이 눈에 띄었다. '코닥크롬 II, 25. 노출 36'이라고 쓰여진 필름 상자 끝이 카메라 뒤판에 닿아 있었다. 그 짐 뒤로는 주머니가 많이 달린 낡은 조끼가 쑤셔 박혀 있었다. 한쪽 주머니 밖으로, 끝에 플런저가 달린 얇은 줄이 달랑달랑 매달려 있었다.

그녀의 다리 아래에는 삼각대가 두 개 놓여 있었다. 긁힌 자국이 많았지만, '지초'라고 쓰인 너덜너덜한 라벨이 붙어 있는 것이 보였다. 그가 사물함을 열었을 때 프란체스카는 공책, 지도, 펜, 빈 필름통, 잔돈, 카멜 담배 한 상자가 뒤섞여 있는 것을 보았다.

"다음 모퉁이에서 우회전하세요."

그녀가 말했다. 그 덕분에 그녀는 로버트 킨케이드의 옆모습을 힐끗 볼 기회를 얻었다. 햇빛에 그을린 부드러운 피부가 땀에 젖어 번들거렸다. 그의 입술은 멋있었다. 어떤 이유에선지 프란체스카는 그를 보자마자 입술이 근사하다는 것을 알아차렸다. 코는, 아이들이 어렸을 때 가족이 함께 서부에서 휴가를 보내는 동안 봤던 인디언 남자들과 비슷했다.

미남은 아니었다. 일반적인 의미에서 잘생긴 얼굴은 아니었다. 그렇다고 못생긴 것도 아니었다. 그런 말은 그에게 적합하지 않았다. 하지만 뭔가 있었다. 그에게는 무엇인가가 있었다. 아주 오래되고, 세월에 약간 시달린 듯한 무언가가. 외모가 아니라 눈빛에 그 무언가가 있었다.

왼쪽 팔목에는 땀에 젖은 갈색 가죽 줄에 달린, 복잡하게 생긴 시계를 차고 있었다. 그리고 오른쪽 팔목에는 섬세하게 조각된 은팔찌를 끼고 있었다. 프란체스카는 그 팔찌를 은 닦는 약으로 잘 문질러야 되겠다고 생각했다. 다음 순간, 그런 하찮은 생각을 하고 있는 자신이 우스워졌다. 그래서 오랜 세월 동안 어쩔 수 없이 시골 구석의 사소한 일에 발목이 붙잡혀 있는 자신에게 비난을 퍼부었다.

로버트 킨케이드는 셔츠 주머니에서 담뱃갑을 꺼내 탁탁 털더니 그녀에게 담배를 권했다. 프란체스카는 5분 새에, 두 번째로 놀라운 짓을 했다. 자기도 모르게 담배를 받아 든 것이다. 내가 무슨 짓을 하는 거야? 그녀는 생각했다. 오래전에는 담배를 피웠지만, 리처드가 줄기차게 심한 비난을 하는 통에 담배를 끊었다. 그는 다시 한번 담뱃갑을 탁탁 털더니 한 개비를 입술에 물고 금장 지포 라이터를 켜서 그녀 쪽으로 불을 내밀었다. 그러는 동안에도 그의 눈길은 도로를 향해 있었다.

그녀는 바람을 막기 위해 라이터 주위를 양손으로 둥그렇게 싸고, 트럭이 덜컹거려서 불꽃이 흔들거리는 것을 바로잡으려고 그의 손을 잡았다. 담배에 불을 붙이는 시간은 한순간이었지만, 그 정도로도 그의 손의 따스함과 손등에 난 작은 털을 충분히 느낄 수 있었다. 프란체스카가 등을 기대자 그는 불을 자기 담배 쪽으로 당겨 익숙한 솜씨로 바람을 막으며 불을 붙였다. 그러느라 운전대에서 손을 뗀 시간은 1초도 채 되지 않는 것 같았다.

농부의 아내인 프란체스카 존슨은 먼지를 일으키는 트럭 좌석에 앉아 담배를 피우면서 손짓했다.

"커브를 돌면 있어요."

빨간 칠이 벗겨진 오래된 다리가, 세월이 흐르는 새에 약간 기울어진 채로 작은 강줄기 위에 놓여 있었다.

로버트 킨케이드가 미소를 지은 것은 바로 그때였다. 그는 조용히 그녀를 바라보며 말했다.

"멋지군요. 해가 뜰 무렵에 찍으면 그만이겠어요."

그는 다리에서 100피트쯤 떨어진 곳에 차를 세우고, 열린 배낭을 들고 차에서 내렸다.

"잠시 조사 작업을 벌이려고 하는데 괜찮으시겠습니까?"

그녀는 고개를 끄덕이며 마주 웃어 주었다.

프란체스카는 그가 배낭에서 카메라를 꺼내 들더니 배낭을 왼쪽 어깨에 둘러메고 시골길을 따라 올라가는 모습을 지켜보았다. 킨케이드는 수천 번도 넘게 해 본 일인 듯 동작이 정확했다. 그녀는 유연한 동작임을 알아차릴 수 있었다. 그는 걸을 때도 머리를 쉬지 않고 움직였다. 이쪽에서 저쪽으로, 그리고 나서는 다리로, 또 다리 뒤편의 나무 사이로. 그는 몸을 돌려 그녀를 돌아다보았다. 진지한 얼굴이었다.

하루에 세 번씩 고깃국물 소스와 감자, 반쯤 익힌 고기 요리를 먹는 이 지방 사람들과 비교하면, 로버트 킨케이드는 과일과 견과류, 채소만 먹는 사람처럼 보였다. 단단해, 하고 그녀는 생각했다. 그의 육체는 단단해 보였다. 딱 달라붙는 청바지를 입은 엉덩이가 얼마나 작은지, 왼쪽 주머니에는 지갑이, 오른쪽 주머니에는 손수건이 들어 있는 것이 보였다. 어쨌든 그는 군더더기 하나 없는 동작으로 움직이고 있었다.

고요했다. 철책 위에 앉은 붉은 지빠귀가 그녀를 내려다보았다. 길가 수풀에서는 들종다리가 노래했다. 8월의 새하얀 햇빛 속에서 그 밖에는 아무것도 움직이는 것이 없었다.

다리 바로 앞에서 로버트 킨케이드는 멈춰 섰다. 그는 잠시 거기 서 있다가 쭈그리고 앉아서 카메라에 눈을 갖다 댔다. 그는 다른 쪽 길로 걸어가서 똑같은 동작을 했다. 그러더니 지붕 덮인 다리 안으로 들어가서 기둥과 바닥의 널빤지를 점검했다. 그리고 옆에 난 구멍을 통해 아래 강줄기를 내려다보았다.

프란체스카는 재떨이에 담배를 비벼 끈 다음 차 문을 활짝 열고 부츠 신은 발로 자갈밭을 디뎠다. 그녀는 이웃 사람의 차가 지나가지 않는지 휙 둘러보고 나서 다리 쪽으로 걸어갔다. 늦은 오후의 햇살이 쏟아져서 다리 안쪽이 시원해 보였다. 그녀는 저쪽 끝에서 그의 실루엣을 보았다. 그는 강 쪽으로 서서히 모습을 감추었다.

안에서는 비둘기 떼가 둥지에서 나직하게 소리를 내고 있었다. 손바닥으로 옆쪽에 붙은 널빤지를 만지니 미지근했다. 널빤지 일부에는 '짐보-데니슨, 아이오와', '세리+더비', '덤벼라!' 같은 낙서가 있었다. 비둘기 떼는 계속 꾸꾸거렸다.

프란체스카는 옆쪽 널빤지 두 개 사이의 틈으로 로버트 킨케이드가 사라진 강 쪽을 내려다보았다. 그는 강의 한가운데에 있는 바위 위에 서서 다리 쪽을 바라보고 있었다. 그가 손을 흔드는 것을 보고 그녀는 깜짝 놀랐다. 그는 다시 강둑으로 뛰어와서 가파른 길을 올랐다. 프란체스카는 그의 부츠가 다리 바닥에 닿는 것을 느낄 때까지 물을 보고 있었다.

"정말 멋져요, 이곳은 진짜로 전망이 좋아요."

그의 목소리가 지붕 덮인 다리 안에 울려 퍼졌다.

프란체스카는 고개를 끄덕였다.

"네, 그래요. 우리는 주변에 살면서도 이 오래된 다리들에 관심을 쏟아 본 적이 없어요. 그저 당연하게만 생각했죠."

킨케이드는 그녀에게 다가와 야생화와 노랑 데이지로 만든 작은 꽃다발을 내밀었다. 그가 부드럽게 미소 지었다.

"안내해 주셔서 감사합니다. 며칠 내로 새벽에 다시 와서 사진을 찍어야겠어요."

그녀는 또다시 속에서 뭔가 느꼈다. 꽃. 특별한 경우에도, 누구에게 꽃을 받아 본 적은 없었다.

"부인의 성함도 모르는군요."

킨케이드가 말했다. 그러자 그녀는 그에게 이름도 말하지 않은 것을 깨닫고 멍청한 기분이 들었다. 그녀가 이름을 말하자 그는 고개를 끄덕이며 말했다.

"억양이 조금 이상한 걸 느꼈는데, 이탈리아 분이신가요?"

"그래요. 오래전에 그랬죠."

다시 초록색 트럭으로 왔다. 자갈길을 따라 달리기 시작했다. 해가 기울고 있었다. 마주 오는 차를 두 번 만났지만, 프란체스카가 모르는 사람들이었다. 그들이 다시 농장에 도착하는 데는 4분밖에 걸리지 않았다. 그녀는 뭔가 해결되지 않은 이상한 기분을 느꼈다. 머릿속이 정돈되지 않았다. 글도 쓰고 사진도 찍는 로버트 킨케이드. 그러나 그녀가 원하는 것은 그 이상이었다. 프란체스카는 더 많이 알고 싶었다. 그녀는 데이트를 마치고 집에 돌아가는 여학생처럼 꽃다발을 움켜쥐고 가지런히 무릎 위에 세웠다.

갑자기 얼굴이 달아올랐다. 프란체스카는 느낄 수 있었다. 어떤 행동도, 무슨 말도 하지 않았지만 꼭 한 것처럼 느껴졌다. 길에서 나는 소리와 바람 소리 때문에 트럭의 라디오 소리는 거의 알아듣기 힘들었지만 스틸 기타에 맞추어 노래가 나왔다. 그리고 5시 뉴스가 이어졌다.

킨케이드는 작은 길로 차를 돌렸다.

"리처드가 남편입니까?"

그는 아까 우편함을 봤다.

"네."

프란체스카가 대답했다. 그녀는 약간 숨이 가빴다. 일단 입을 열자 계속 말이 나왔다.

"굉장히 덥네요. 아이스티 한잔 하시겠어요?"

킨케이드가 그녀를 힐끗 쳐다보았다.

"괜찮으시다면 저야 환영하죠."

"괜찮아요."

그녀가 대답했다.

프란체스카는, 혼연스럽게 들리기를 바라면서 그에게 집 뒤편에 차를 세우라고 했다. 그녀로서는 리처드가 집에 돌아왔을 때 이웃 남자가 "이봐, 딕. 집에서 무슨 일이 있었나? 지난주에 초록색 픽업이 저기 세워져 있는 걸 봤거든. 프래니가 집에 있는 걸 알았기 때문에 가서 확인해 보지 않았지."라고 말하는 꼴을 당하고 싶지 않았다.

깨진 시멘트 계단을 오르면 뒷문이 있었다. 그는 카메라 배낭을 멘 채 프란체스카가 들어가도록 문을 잡아 주었다.

"너무 더워서 장비를 트럭에 그대로 둘 수가 없거든요."

장비를 꺼내면서 그가 말했다.

부엌에 들어서니 바깥보다는 시원했지만 여전히 더웠다. 개가 킨케이드의 부츠 근처를 킁킁거리고 다니다가 뒷문으로 나가서 앉았다. 그사이 프란체스카는 금속 그릇에서 얼음을 꺼내고 반 갤런짜리 유리 주전자에 든 노란색 차를 따랐다. 그녀는 킨케이드가 부엌 식탁에 앉아서 그녀를 바라보고 있다는 것을 알고 있었다. 그는 긴 다리를 앞으로 쭉 뻗고 양손으로 머리를 매만지고 있었다.

"레몬 넣으세요?"

"네, 부탁합니다."

"설탕은요?"

"됐습니다."

유리잔 안으로 천천히 레몬 주스가 떨어졌고, 그는 그
것을 바라보고 있었다. 로버트 킨케이드는 무엇 하나 놓치
지 않았다.

프란체스카는 유리잔을 그 앞에 놓았다. 그리고 포마이
카 칠이 된 식탁의 맞은편에 자기 잔을 놓고, 꽃다발을 물
병에 담갔다. 쓰던 젤리 병에는 도널드 덕 그림이 박혀 있
었다. 그녀는 조리대에 몸을 비스듬히 기대고 한쪽 다리로
중심을 잡고 서서 허리를 굽혀 부츠 한쪽을 벗었다. 그리
고 맨발로 서서 똑같은 과정을 되풀이해 다른 쪽 부츠도
벗었다.

그는 아이스티를 조금 마시고 그녀를 지켜보았다. 165센
티미터가량의 키에 나이는 마흔, 아니면 그보다 조금 더
먹었을까. 얼굴은 예쁘장했고, 근사한 몸매를 지니고 있었
다. 그러나 그가 여행하는 곳마다 예쁜 여자는 어디에나
있었다. 물론 그는 그런 육체적인 면도 좋아했다. 하지만

그는 지성과 타고난 열정, 다른 사람을 감동시키고 마음과 정신의 섬세한 부분에도 감동받을 수 있는 능력을 정말로 중요하게 생각했다. 아무리 외모가 아름다운 여자라도 대부분의 젊은 여자들에게 끌리지 않는 이유가 바로 거기에 있었다. 젊은 여자들은 그의 관심을 끌 만한 점들을 가질 만큼 오래 살지 못했거나 어려움을 겪지 못했으니까.

하지만 프란체스카 존슨에게는 정말로 그를 끌어당기는 무엇인가가 있었다. 지성적인 면모가 풍겼다. 그는 그것을 알아차릴 수 있었다. 그리고 열정이 있었다. 비록 그로서는 그 열정이 어떤 방향으로 향해 있는지, 혹은 방향이라는 게 있기나 한지, 정확히 알아차릴 수는 없었지만.

나중에 그는 그때의 인상을 그녀에게 말했다. 뭐라 정의를 내릴 수는 없지만, 그날 그녀가 부츠를 벗는 모습이 가장 관능적인 장면 가운데 하나였다고. 어떤 이유 때문인지는 중요하지 않았다. 그것은 그가 인생에 접근하는 방법이 아니었다. '분석하는 것은 전체를 망쳐 버린다. 무언가 신비로운 것들이 전체적인 이미지를 결정한다. 조각조각을 보면 신비는 사라지고 만다.' 바로 이것이 그의 생각이었다.

프란체스카는 식탁 앞에 다리를 꼬고 앉아서 얼굴에 흘

러 내려온 머리카락을 뒤로 넘겨 거북 껍데기 핀으로 다시 묶었다. 그러고 나서 기억이 난 듯 자리에서 일어나 찬장 끝으로 갔다. 그녀는 재떨이를 가지고 와서 식탁 위, 그의 손이 닿을 만한 곳에 놓았다.

무언의 허락을 받자 킨케이드는 카멜 담뱃갑을 꺼내 그녀에게 내밀었다. 프란체스카는 담배를 한 개비 받았다. 그가 땀을 많이 흘려서 담배가 약간 축축했다. 아까와 똑같은 과정이 반복되었다. 그가 금장 지포 라이터를 켜자 프란체스카는 불꽃을 흔들리지 않게 하려고 그의 손을 만졌다. 그녀의 손가락에 그의 살결이 느껴지자 그녀는 뒤로 물러앉았다. 담배 맛이 기가 막혔다. 그녀는 미소 지었다.

"하시는 일이 정확하게 뭐지요? 그러니까 사진을 어떻게 하는 건가요?"

킨케이드는 담배를 바라보다가 조용하게 입을 열었다.

"《내셔널 지오그래픽》지와 계약을 하고 사진을 찍는 사람입니다. 그러니까 사진작가지요. 시간제로 일해요. 아이디어를 잡지사에 팔고 사진을 찍습니다. 그쪽에서 원하는 일거리가 있으면 저와 계약을 하기도 하고요. 예술적인 표현 능력을 발휘할 여지는 많지 않아요.《내셔널 지오그래픽》은 상당히 보수적인 간행물이거든요. 하지만 보수가 괜찮습니다. 대단하지는 않지만 그냥 괜찮고 안정적이지요. 나머지 시간에는 글을 쓰고, 내 구미에 맞는 사진을 찍어서 다른 잡지사에 보내지요. 사정이 어려울 때는 공동작업을 하기도 하는데, 굉장히 사람을 얽매이게 하는 일이란 걸 알았지요.

가끔은 나 자신을 위해 시를 씁니다. 이따금씩 가벼운 픽션을 써 보려고 시도하지만 거기에는 감각이 없는 것 같아요. 시애틀 북부에 사는데, 아주 가끔은 그 주변 지역을 떠돌기도 하죠. 낚싯배와 인디언 거주 지역, 그리고 풍경 사진을 즐겨 찍습니다.

잡지사의 일 때문에 두어 달씩 다른 지역에서 생활하는 경우가 많죠. 특히 아마존이라든가 북미 사막 지역 같은 중요한 일을 맡았을 때는 그렇죠. 보통은 이렇게 임무를 맡으면 비행기로 날아가서 차를 렌트합니다. 하지만 어떤 때는 자동차를 타고 달리면서 앞으로 촬영할 만한 곳을 고르기도 해요. 슈피리어호를 따라 내려왔는데 블랙힐스를 통해 돌아갈 예정입니다. 부인은 어떠십니까?"

프란체스카는 그에게 질문을 받으리라고는 예상하지 못했다. 그녀는 잠시 머뭇거렸다.

"아, 이런. 뭐 선생님 같지는 않아요. 비교문학 학위를 땄지요. 내가 1946년에 여기 왔을 때, 윈터셋에서는 교사 자리를 구하기가 어려웠어요. 그런데 남편이 재향 군인이라고 나를 배려해 주더군요. 그래서 교사 자격증을 따고 몇 년 동안 고등학교에서 영어를 가르쳤죠. 하지만 리처드는 내가 일하는 것을 달가워하지 않았어요. 자기가 우리를 부양할 수 있으니 내가 일할 필요가 없다는 거였죠. 아이 둘이 자라고 있을 때였는데도요. 그래서 나는 학교를 그만두고 농부 아내로 전업했지요. 그뿐이에요."

프란체스카는 그의 잔이 거의 빈 것을 알아차리고, 그의 잔에 유리 주전자에 든 아이스티를 더 따랐다.

"고맙습니다. 아이오와에 사는 것이 어떻습니까?"

이제 진실을 말할 순간이었다. 그녀는 그것을 알았다. '아주 좋아요. 조용한 생활이에요. 사람들은 다들 착하고요.' 그런 대답이 모범 답안일 것이다.

하지만 그녀는 선뜻 그렇게 대답할 수가 없었다.

"담배 한 대 더 피워도 될까요?"

다시 카멜 담배를 받고, 라이터가 켜지고, 다시 그의 손을 가볍게 만졌다. 햇빛이 뒷문 바닥과 개의 등에 비쳐 들었다. 개는 일어나더니 시야에서 사라졌다. 프란체스카는 처음으로 로버트 킨케이드의 눈을 들여다보았다.

"'아주 좋아요. 조용한 생활이에요. 사람들은 다들 착하고요.'라고 말해야 당연하겠지요. 대부분은 정말로 그러니까요. 조용한 곳이에요. 그리고 사람들도 어떤 면으로는 착하고요. 우리 모두 서로 도와요. 만일 누군가 병이 나거나 다치면, 이웃들이 서로서로 옥수수를 따거나 밀을 추수하거나 뭐든 해야 할 일을 대신 해 주죠. 시내에서도 자동차 열쇠를 잠그지 않고 그대로 두고 가도 되고, 아이들이 별 걱정 없이 마음대로 뛰놀 수도 있어요. 이곳 사람들에게는 좋은 점이 많지요. 그런 점에서는 나도 이곳 주민들을 존경해요. 하지만……."

프란체스카는 말을 멈추고 담배를 한 모금 빨면서 식탁 건너편에 앉은 로버트 킨케이드를 바라보았다.

"어릴 적 내가 꿈꾸던 생활은 아니에요."

마침내 고백을 했다. 오랜 세월 동안 묵혀 두기만 하고 차마 꺼낼 수 없었던 말이었지만, 정말 하고 싶던 말이기도 했다. 프란체스카는 지금 초록색 픽업트럭을 타고 워싱턴주의 벨링햄에서 온 어떤 남자에게 그 말을 털어놓은 것이었다.

그는 잠시 아무 말도 하지 않았다. 그러다가 입을 열었다.

"저는 생각날 때마다 노트에 메모를 해 두곤 하죠. 차를 몰다가도 생각나는 걸 적곤 하는데, 그런 일이 자주 있습니다. 이런 내용을 적은 적이 있어요. '옛날에 꿈이 있었다는 것은 좋은 일이다. 꿈이 이루어지지는 않았지만, 내게 그런 꿈이 있었다는 것만으로도 기쁘다.' 저 자신도 그 말의 뜻을 잘 알 수는 없지만 어딘가에 그걸 써먹을 작정입니다. 부인의 기분을 저도 조금은 알 것 같군요."

바로 그때 프란체스카는 그에게 미소를 지어 보였다. 처음으로 따스하고 깊은 미소였다. 그러자 도박사 같은 본능이 일어났다.

"여기서 저녁 식사를 하실래요? 가족들이 집에 없어서 별로 차릴 건 없지만 뭘 좀 만들 수는 있는데요."

"글쎄요, 식료품 가게와 식당에서 사 먹는 음식에는 정말 진절머리가 나긴 합니다. 정말로 그렇지요. 큰 폐가 아니라면 그러고 싶습니다."

"포크찹을 좋아하세요? 밭에서 채소를 따 가지고 포크찹을 만들 수 있는데요."

"저는 채소만으로 충분합니다. 고기는 먹지 않거든요. 그런 지 오래됐습니다. 별다른 이유는 없는데, 그냥 그런 식으로 먹는 게 기분이 더 좋아서요."

프란체스카가 다시 미소 지었다.

"이 부근에서는 그런 관점은 별로 달가워하지 않지요. 리처드와 그의 친구들은 선생님이 자기들의 생계를 막으려 한다고 말할걸요. 저도 고기를 많이 먹지 않아요. 하지만 가족들에게 고기를 넣지 않은 저녁 식사를 차려 줄 때면 불평이 터져 나오죠. 그래서 아예 그런 노력은 포기했어요. 기분 전환을 위해서 좀 색다른 일을 하면 재미있을 거예요."

"좋습니다. 하지만 저 때문에 너무 힘든 일은 하지 마십시오. 아이스박스 안에 필름이 들어 있습니다. 녹은 얼음물을 버리고 안에 든 물건을 정리해야 할 것 같아요. 시간이 좀 걸릴 겁니다."

킨케이드는 일어나서 남은 아이스티를 쭉 마셨다.

프란체스카는 그가 부엌문을 빠져나가 현관을 가로지른 후 마당으로 나가는 것을 지켜보았다. 그는 방충문을 쾅 소리가 나게 닫지 않았다. 다른 사람들은 하나같이 그랬지만 그는 얌전히 문을 닫았다. 마당에 나가기 전에 그는 쪼그리고 앉아서 개를 쓰다듬어 주었다. 자기에게 관심을 주는 것을 안 개는 그의 팔을 몇 번 핥았다.

위층으로 올라간 프란체스카는 재빨리 샤워를 하고, 몸

을 말리면서 창문 아래쪽만 가리는 커튼 너머로 밭 쪽을 힐끗 내려다보았다. 킨케이드는 옷 가방을 열어 놓고, 낡은 손펌프를 이용해 몸을 씻고 있었다. 그녀는 그에게 말해 줄 수도 있었다. 원한다면 집에서 샤워를 해도 좋다고. 프란체스카는 그럴 뜻이 있었지만, 너무 친한 내색을 하는 것이 아닌가 싶어 순간적으로 망설였고, 그러다가 공연히 마음이 혼란해져서 그 말을 잊고 말았다.

하지만 로버트는 더 나쁜 환경에서도 몸을 씻고 살아온 사람이었다. 인도에 갔을 때는 썩은 냄새가 풍기는 물로 몸을 씻었고, 사막에서는 수통에 든 물로 몸을 씻었다. 밭에서 그는 웃통을 벗고 더러운 셔츠를 수건 대용으로 쓰고 있었다.

'수건! 최소한 수건이라도 줄 수 있었는데.'

그녀는 자신을 나무랐다.

펌프 옆의 시멘트 위에 놓은 그의 면도날이 햇빛에 반사되었다. 프란체스카는 그가 얼굴에 비누를 문지르고 면도하는 모습을 지켜보았다. 그는 — 그녀는 또다시 그 단어를 떠올렸다. — 단단해 보였다. 체구가 크지 않았고, 180센티미터가 넘는 키에 약간 호리호리했다. 하지만 자기 체구에 비해 넓은 어깨 근육을 지니고 있었고, 배는 편평했다. 몇 살인지 몰라도 그렇게 나이 들어 보이지 않았으며, 아침에도 비스킷을 고깃국물에 적셔 먹는 이 지방 남자들 같지가 않았다.

지난번에 디모인으로 쇼핑을 갔을 때 산 새 향수 — 이름이 '바람의 노래'였다. — 를 조금 뿌렸다. 어떤 옷을 입을까? 그가 아직도 작업복 차림이므로 지나치게 격식을 차려 입는 것도 적당하지 않을 듯싶었다. 그래서 긴팔 흰 셔츠를 입고 소매를 팔꿈치 바로 아래까지 접고, 깨끗한 청바지를 입고 샌들을 신었다. 리처드의 말에 의하면 그녀를 말괄량이처럼 보이게 한다는 넓적한 귀고리를 하고, 금 팔찌를 했다. 제대로 입은 기분이 들었다.

프란체스카가 부엌에 내려왔을 때, 그는 거기 앉아서 배낭과 아이스박스를 펼쳐 놓고 있었다. 킨케이드는 깨끗한 카키색 셔츠 위에 오렌지색 멜빵을 두르고 있었다. 식탁 위에는 카메라 세 대와 렌즈 다섯 개, 새 카멜 담뱃갑이 놓여 있었다. 카메라에는 모두 '니콘'이라는 상표가 붙어 있었다. 작은 것 둘, 중간 것 둘, 긴 것 하나인 검은색 렌즈들도 마찬가지였다. 장비는 긁히고 곳곳이 움푹 들어가 있었다. 하지만 그는 흔연스럽게 닦고, 솔질하고, 입김을 불었다.

그가 고개를 들어 그녀를 보았다. 또 진지하고 수줍음 타는 얼굴이었다.

"아이스박스에 맥주가 있는데 드시겠습니까?"

"네, 그거 좋겠군요."

킨케이드는 버드와이저 두 병을 꺼냈다. 그가 아이스박스 뚜껑을 열자, 안에 장작처럼 차곡차곡 쌓은 필름이 든 플라스틱 상자가 보였다. 그가 꺼낸 두 병 외에도 맥주는 네 병이 더 들어 있었다.

프란체스카는 병따개를 찾으려고 서랍을 열었다. 그때 그가 말했다.

"제게 있습니다."

그는 벨트에 차고 있던 스위스제 군용칼집에서 칼을 꺼내 병따개를 펴더니 솜씨 좋게 사용했다.

킨케이드는 그녀에게 맥주병을 건네고, 자신이 들고 있는 병을 반쯤 들어 건배를 했다.

"오후 늦게 본 지붕 덮인 다리들을 위하여. 그리고 내일 아침의 화창한 날씨를 위하여."

그가 씩 웃었다.

프란체스카는 아무 말도 하지 않고 부드럽게 미소만 지으며, 머뭇거리면서 어색하게 병을 약간 들어 보였다. 이상한 낯선 사람, 꽃다발, 향수, 맥주, 그리고 늦여름 어느 무더운 월요일의 건배. 그녀가 감당할 수 있는 한계를 이미 벗어난 것들이었다.

"옛날에 어떤 사람이 있었대요. 그는 어느 8월 오후에 심한 갈증을 느꼈지요. 그래서 갈증을 해소할 길이 없을까, 연구하다가 맥주를 발명한 겁니다. 맥주는 바로 그렇게 만들어졌고, 갈증은 해소되었지요."

그는 카메라를 손질하다가 거의 혼잣말로 중얼거리며, 보석 세공용 드라이버로 카메라 제일 위의 나사를 조였다.

"잠깐 밖에 나가야 해요. 곧 돌아오겠어요."

그가 고개를 들었다.

"도움이 필요하십니까?"

프란체스카는 고개를 젓고 그의 앞을 지나갔다. 그녀는 그의 눈길이 자기 엉덩이에 머무는 것을 느꼈다. 그녀가 문 밖으로 나가 있는 동안에도 내내 그가 쳐다볼지 궁금했다.

그녀의 생각이 옳았다. 킨케이드는 그녀를 지켜보고 있었다. 그는 고개를 흔들다가 다시 시선을 그녀에게로 옮겼다. 그녀의 몸을 보면서, 그는 그녀가 지성적인 사람일 것이라고 생각했다. 그리고, 그녀에게서 느낄 수 있을 다른 점들이 궁금해졌다. 킨케이드는 프란체스카에게 빨려 들었고, 그런 감정과 싸우고 있었다.

이제 밭에는 그늘이 드리웠다. 프란체스카는 흰 에나멜이 벗겨진 팬을 들고 움직였다. 그녀는 당근과 파슬리, 파스닙(당근과 비슷한 뿌리채소)과 양파, 순무를 땄다.

그녀가 부엌에 들어갔을 때, 로버트 킨케이드는 다시 배낭을 싸고 있었다. 말끔하고 정확한 솜씨였다. 모든 것이 제자리에 있고, 언제나 같은 자리에 있음이 분명했다. 킨케이드는 이미 맥주병을 비우고 다시 두 병을 꺼내 놓았다. 그녀의 병에는 아직 술이 많이 남아 있었는데도. 프란체스카는 머리를 뒤로 젖혀 술을 다 마신 후 빈 병을 그에게 건네주었다.

"제가 할 수 있는 일이 없을까요?"

그가 물었다.

"현관에 있는 수박을 가져오세요. 그리고 밖에 있는 양동이에서 감자도 몇 개 가져오시고요."

그가 너무나 가뿐하게 움직여서 프란체스카는 놀라지 않을 수 없었다. 눈 깜짝할 사이에, 킨케이드는 겨드랑이에는 수박을 끼고 양손에는 감자를 들고 돌아왔다.

"이만하면 충분합니까?"

그녀가 고개를 끄덕였다. 그가 유령 같아 보인다는 생각이 들었다. 킨케이드는 가져온 것을 그녀가 채소를 씻고 있는 개수통 옆의 조리대 위에 올려놓고, 의자로 돌아가 앉자마자 카멜 담배에 불을 붙였다.

"여기 얼마 동안이나 계실 거예요?"

프란체스카는 씻고 있는 채소에서 눈을 떼지 않고 물었다.

"확실히 모르겠습니다. 별로 바쁘지 않을 때이긴 해요. 다리 사진 마감이 아직 3주나 남아 있어서요. 사진을 제대로 찍을 때까지는 있을 것 같습니다. 아마 일주일쯤 걸리겠죠."

"어디서 머무르시죠? 시내에 숙소를 정하셨어요?"

"네. 방이 몇 개 있는 작은 곳이죠. 모텔 같은 거예요. 오늘 아침에 체크인했습니다. 아직 짐도 풀지 않았죠."

"하숙을 치는 칼슨 부인네 집을 제외하면 머무를 만한 곳은 거기뿐이에요. 하지만 식당은 실망스러울 거예요. 특히 선생님 같은 식습관을 가지신 분에게는요."

"알고 있습니다. 어제오늘 일이 아니죠. 하지만 어떻게 해야 할지 배웠죠. 매해 이맘때면 그다지 형편이 나쁘지 않아요. 상점이나 길가의 노점에서 신선한 채소를 살 수 있으니까요. 빵이랑 몇 가지 다른 것들을 사면 거의 제대로 챙겨 먹을 수 있습니다. 하지만 이렇게 초대를 받으니 좋군요. 감사드립니다.”

프란체스카는 조리대 위로 팔을 뻗어서 소형 라디오를 켰다. 다이얼이 두 개뿐인 라디오에는 천을 씌운 스피커가 달려 있었다.

“시간이 내 호주머니 속에 있고, 날씨는 내 옆구리에 있다네……”

기타 반주에 맞춰 부르는 노래가 라디오에서 흘러나왔다. 프란체스카는 볼륨을 낮췄다.

“제가 채소 다지기에는 선수인데요.”

그가 돕겠다는 제의를 했다.

“좋아요. 저기 도마가 있고 칼은 그 아래 오른쪽 서랍에 있어요. 제가 스튜를 만들 테니까 채소를 준비해 주세요.”

킨케이드는 그녀와 60센티미터쯤 떨어진 곳에 서서 시선을 내리깔고 당근과 순무, 파스닙, 양파를 자르고 다졌다. 프란체스카는 감자를 벗기면서도 낯선 남자와 너무 가까이 있다는 생각을 떨쳐 버릴 수 없었다. 그녀는 감자 껍질을 벗기는 데에도 약간의 감정이 연결될 수 있다는 생각은 해 본 적이 없었다.

"기타를 칠 줄 아세요? 트럭에서 기타 케이스를 봤어요."

"약간 합니다. 친구가 되어 주죠. 그 이상은 아니고요. 아내는 포크송이 별로 인기를 얻지 못했던 초창기 때 가수였는데, 제게 기타 치는 법을 가르쳐 주었죠."

프란체스카는 '아내'란 말에 약간 몸이 굳었다. 맙소사, 그녀는 몰랐다. 그에게도 결혼할 권리가 있었지만, 어쩐지 결혼과는 어울리지 않는 사람이라고만 생각했는데. 그녀는 킨케이드가 결혼한 상태인 것을 바라지 않았다.

"그녀는 제가 몇 달씩 촬영 여행으로 집을 비울 때면 견디지 못했어요. 지금도 그녀를 비난하진 않아요. 9년 전에 떠나갔죠. 헤어진 지 1년 후에 이혼했고요. 우리에게는 아이가 없었는데, 그래서 이혼이 복잡하지 않았죠. 그녀가 기타 한 대를 가져가고 싸구려는 내게 남겨 주었지요."

"그분 소식을 듣나요?"

"아니오, 전혀."

그가 말한 것은 그뿐이었다. 프란체스카는 더 묻지 않았다. 하지만 이기적이게도, 기분이 더 나아졌다. 그녀는 왜 자신이 이런저런 식으로 신경을 쓰게 되는지 알 수 없었다.

킨케이드가 입을 열었다.

"이탈리아에 두 차례 가 본 적이 있습니다. 원래 고향이 어디십니까?"

"나폴리요."

"거기는 못 가 봤습니다. 한 번은 북부에서 포강을 따라 촬영하며 지냈지요. 그 후에 다시 갔을 때는 시칠리아 촬영을 위해서였고요."

프란체스카는 감자를 벗기며 잠시 이탈리아 생각을 했다. 로버트 킨케이드가 곁에 있는 것을 의식하면서. 구름이 서쪽에서 솟아올라 태양 틈으로 들어가자 빛줄기가 사방으로 흩어졌다. 그는 개수통 위로 난 창문을 내다보면서 말했다.

"신비스런 광선이군요. 달력 회사에서 혹할 만한 그림인데요. 종교 잡지에서도 그렇고요."

"선생님 하시는 일이 재미있게 들리네요."

프란체스카가 말했다. 그녀는 계속 중립적인 대화를 이어 나갈 필요를 느꼈다.

"그렇습니다. 저는 일을 아주 좋아해요. 길도 좋고, 사진을 만드는 것도 좋습니다."

그녀는 그가 사진을 '만든다'고 표현하는 것을 알아차렸다.

"사진은 찍는 게 아니라 만드는 건가요?"

"그렇습니다. 적어도 제 생각은 그렇습니다. 일요일에 스냅 사진을 찍는 아마추어와 사진으로 밥을 벌어먹고 사는 프로의 차이가 그거지요. 오늘 우리가 본 다리 촬영을 끝내면 부인이 예상하는 것과는 다른 사진이 나올 겁니다. 렌즈를 선택하고, 카메라 각도나 일반적인 구도, 그리고 이 모든 것의 조화로 내 나름대로의 장면을 만들게 될 겁니다.

사물을 주어지는 대로 찍지는 않습니다. 뭔가 내 개인적인 의식이, 정신이 반영되는 것으로 만들려고 노력하지요. 이미지에서 시구를 찾아내려고 애씁니다. 《내셔널 지오그래픽》은 나름대로의 스타일이 있어서 요구를 하죠. 하지만 제가 언제나 편집자의 취향에 동의하는 것은 아닙니다. 사실 대부분은 내 마음에 들지 않아요. 바로 괴로운 점이 그 부분이죠. 어떤 사진을 넣고 어떤 사진을 빼느냐는 그들이 결정하지만요. 그들은 독자들의 취향을 알고 있긴 하지만, 이따금씩은 그들이 좀 더 시야를 넓혀 주었으면 하고 바라죠. 그쪽에 그런 말을 하지만, 그쪽 사람들은 달가워하지 않습니다.

예술 행위를 통해 밥을 먹고사는 데는 바로 그런 문제

가 있습니다. 언제나 시장─대형 시장─만 생각하죠. 그리고 시장은 평균의 기호를 충족시키도록 만들어집니다. 많은 수가 거기에 속하니까요. 바로 리얼리티를 요구하는 거죠. 하지만 이미 말한 대로 그것은 대단한 구속입니다. 잡지사에서는 게재하지 않는 사진을 돌려주죠. 그러니까 적어도 내 마음에 드는 걸로 개인 파일을 만들기는 하죠.

어떤 때는 다른 잡지사에서 한두 장 사 가기도 해요. 제가 가 본 곳에 대해 기사도 쓰고, 《내셔널 지오그래픽》에서 좋아하는 것보다 약간 더 대담한 사진을 싣기도 하죠.

앞으로 언젠가 예술로 생계 수단을 삼고자 하는 사람들을 위해서 '아마추어리즘의 미덕'이라는 에세이를 만들 예정입니다. 시장이라는 것은 예술적인 열정을 죽이지요. 대부분의 사람은 바깥세상에서 안정을 추구합니다. 그들은 안정을 원하고, 잡지나 제조 회사들은 그들에게 안정을 주지요. 동질성을 안겨 주고, 익숙하고 편안한 것들을 주고, 결코 위험에 빠뜨리지 않습니다.

이윤을 내는 것과 예약 구독자를 얼마나 확보하느냐 등등이 예술을 지배합니다. 우리 모두는 단일함이라는 커다란 바퀴 속으로 휩쓸려 들어가고 있어요.

시장 사람들은 언제나 '소비자'에 대해 이야기합니다.

저는 그것을 생각할 때면 풍성한 반바지에 하와이안 셔츠를 입고, 맥주 병따개를 단 밀짚모자를 쓴 땅딸막한 사람이 손아귀에 돈을 한 움큼 쥐고 있는 이미지를 떠올립니다."

프란체스카는 안정이나 편안함에 대해 생각하면서 살짝 웃었다.

"하지만 그다지 심하게 불평을 하지는 않죠. 말씀드렸다시피 여행을 좋아하고, 카메라로 연출하는 것이 좋고, 야외에 자주 나가는 것이 마음에 드니까요. 리얼리티라는 것이 노래에 나오는 것처럼 뭐 그런 것은 아니지만, 그런대로 괜찮습니다."

프란체스카는, 로버트 킨케이드에게는 이런 것이 일상적인 대화라고 생각했다. 그녀에게 이런 대화는 문학적인 대화였다. 매디슨 카운티에 사는 사람들은 그런 것에 대해 이런 식으로 말하지 않았다. 날씨와 농산물 가격, 새로 태어난 아기, 장례식, 정부의 프로그램, 운동 팀에 대해 대화를 나누었지만 예술과 꿈에 대해서는 아무도 말하지 않았다. 음악을 침묵하게 만드는 리얼리티나, 상자 안에 가둬둔 꿈에 대해서는 입에 올리지 않았다.

그는 채소 다지는 일을 끝마쳤다.

"달리 더 할 만한 일이 있을까요?"

프란체스카는 고개를 저었다.

"아뇨, 거의 준비가 다 됐어요."

그는 다시 식탁에 앉아서 담배를 피우며 가끔 맥주를 홀짝였다. 그녀는 요리를 하면서 중간중간 맥주를 마셨다. 마신 양이 얼마 되지 않았지만 프란체스카는 알콜 기운을 느낄 수 있었다. 12월의 마지막 밤이면 그녀는 재향 군인 홀에서 리처드와 술을 마시곤 했다. 그 외에는 별로 마시지 않았고, 집에도 술은 거의 없었다. 다만 혹시 시골 생활 중에도 낭만적인 일이 있지 않을까 하는 모호한 희망을 가지고 그녀가 사 둔 브랜디 한 병이 있긴 했다.

채소에 어느 정도 식용유를 넣고, 약간 갈색이 날 때까지 가열하고, 밀가루를 섞어 잘 저은 다음, 물을 한 컵 정도 첨가한다. 나머지 채소와 양념을 넣고, 40분가량 불에 올려놓고 있으면 요리가 끝난다.

요리가 되는 동안 프란체스카는 다시 그의 앞쪽에 마주 앉았다. 부엌에 정갈한 다정함이 내려앉았다. 어쩌면 그런 다정한 느낌은 함께 요리를 하는 데서 왔는지도 몰랐다. 모르는 사람을 위해 저녁 식사를 준비하고, 그와 함께 순무를 다지고, 그러다 보니 낯선 느낌이 스러져 버렸다. 낯선 느낌이 없어지니, 친밀감이 들어설 공간이 생겼다.

킨케이드는 라이터를 얹어서 담배를 그녀 쪽으로 밀었다. 그녀는 담뱃갑을 흔들어 한 개비를 빼물고 라이터를 켰지만 잘되질 않았다. 불꽃이 올라오지 않았다. 그가 빙긋이 웃고는 그녀의 손에서 조심스럽게 라이터를 받았다. 불꽃을 일어나게 하는 바퀴를 두 번 돌리고 나서야 불이 올라왔다. 그가 켠 라이터에 그녀는 담뱃불을 붙였다. 남자들 주변에 있을 때면 그녀는 언제나 그들과 비교해 자기가 우아하게 느껴졌다. 그러나 로버트 킨케이드와 있을 때는 그렇지 않았다.

흰 햇살이 붉게 변해 옥수수밭에 빛줄기가 쏟아졌다. 그녀의 눈에 비상하는 매 한 마리가 부엌 창을 통해 들어왔다. 7시 뉴스와 시장 정보가 라디오에서 흘러나왔다. 프란체스카는 노란 포마이카 식탁 위로 로버트 킨케이드를 바라보았다. 그녀의 부엌에서 너무나 멀리 떨어진 곳에서 온 그를. 거리로 환산할 수 없는 곳에서 온 그를.

"벌써 냄새가 좋은데요."

그는 스토브를 가리키면서 말했다.

"냄새가…… 고요하네요."

그는 한마디 덧붙이고 나서 그녀를 바라보았다.

"고요해요? 냄새가 고요할 수도 있나?"

프란체스카는 그 말에 대해 생각했다. 그의 말이 옳았다. 가족을 위해 포크찹과 스테이크와 구이 요리를 한 후에 비하면 이것은 조용한 요리였다. 이 음식에는 채소를 뽑은 것만 제외하고는, 어디에도 도살의 흔적이 없었다. 스튜는 조용히 끓었고, 조용한 냄새가 풍겼다. 이곳 부엌은 고요했다.

"괜찮으시다면 이탈리아에서의 생활이 어땠는지 좀 이야기해 주시지요."

킨케이드는 의자에 몸을 쭉 기대고 오른쪽 다리를 왼쪽 다리 위에 포갰다.

프란체스카로서는 주변이 조용한 것이 신경 쓰였기 때문에 말을 시작했다. 그녀는 성장기의 이야기며 사립 학교에 다니던 이야기, 수녀들, 어머니, 은행 지배인이었던 아버지에 관해서 말했다. 십대 소녀였을 때는 바다 절벽에 서서 세상 저 너머에서 오는 배들을 봤다는 이야기. 나중에 미군 병사들이 온 이야기. 친구 몇 명과 함께 카페에서 커피를 마시다가 리처드를 만난 이야기. 전쟁이 생활을 망쳐 버렸고, 그들은 과연 결혼하게 될지 어쩔지 걱정했다는 것. 하지만 니콜로 교수에 대해서는 침묵했다.

킨케이드는 아무 말 없이 이따금씩 이해한다는 뜻으로 고개만 끄덕이며 이야기에 귀를 기울였다. 마침내 그녀가 말을 멈추자 그가 말했다.

"아이들이 있으시죠?"

"그래요. 마이클은 열일곱 살이죠. 캐롤린은 열여섯이고요. 두 아이 다 윈터셋에서 학교에 다녀요. 4H클럽(농업 구조와 농촌 생활 개선을 목적으로 하는 세계적인 청소년 민간단체: 옮긴이)에 속해 있죠. 그래서 일리노이주의 박람회에 갔어요. 캐롤린이 기른 수송아지를 전시하려고요.

제가 도저히 받아들일 수 없는, 이해가 되지 않는 부분은, 그들이 그렇게 동물에 사랑과 애정을 퍼부어 키운 후에 어떻게 도살용으로 팔리는 꼴을 볼 수 있는가 하는 점이에요. 하지만 감히 그런 이야기는 하지 못하죠. 리처드와 그의 친구들은 단숨에 나를 덮쳐 버릴 거예요. 하지만 이 사람들이 하는 일에는 냉정하고 인정머리 없는 구석이 있어요."

그녀는 리처드의 이름을 거론한 데 대해 죄책감을 느꼈다. 결코 무슨 짓을 벌인 것은 아니었다, 어떤 짓도. 하지만 죄책감을, 앞으로 일어날 가능성이 있는 일에 대해 죄책감을 느꼈다. 그리고 저녁 시간을 어떻게 마무리할지 겁정스러웠다. 혹시 그녀로서는 감당할 수 없는 어떤 일에 빠져든 것은 아닌지. 어쩌면 로버트 킨케이드는 그냥 떠나 버릴지도 모른다. 그는 약간 부끄럼을 타기는 하지만 매우 조용하고 좋은 사람인 듯했다.

이야기가 계속되는 가운데 저녁 하늘이 푸른빛으로 변했고, 가벼운 안개가 초원에 내렸다. 그는 프란체스카가 조용히 스튜를 요리하는 동안 둘이 마실 맥주 두 병을 더 땄다. 그녀는 일어나서 채소를 끓는 물에 넣고 저었다. 그리고 싱크대에 몸을 기대고 서서 워싱턴주 벨링햄에서 온 로버트 킨케이드에게 향하는 따스한 감정을 느꼈다. 그가 너무 일찍 가 버리지 않기를 바라면서.

그는 조용하고 예의 바르게 스튜를 두 그릇 먹었고, 두 번씩이나 음식이 너무나 맛있다고 말했다. 수박 맛이 그만이었다. 맥주는 시원했다. 저녁은 푸른빛이었다. 프란체스카 존슨은 마흔다섯 살이었고, 라디오에서는 행크 스노우의 노래가 흘러나오고 있었다.

멀리서 들려오는 음악 소리

이제 어떻게 한다? 프란체스카는 속으로 중얼거렸다. 그렇게 앉아서 저녁 식사가 끝났다.

그가 어색함을 잘 처리해 주었다.

"초원으로 산책을 나가면 어떨까요? 조금 서늘해졌는데요."

그녀가 고개를 끄덕이자 그는 배낭에 손을 뻗어 카메라를 꺼내더니 어깨에 둘러멨다.

킨케이드는 뒷문을 열어 그녀가 나가도록 문을 잡아 주었다. 그리고 그도 뒤따라 나간 후 조용히 문을 닫았다. 그들은 농장 뜰을 지나 자갈이 깔린 밭으로 나갔다. 그리고 농기계 헛간 동쪽의 잔디밭으로 갔다. 헛간에서는 미적지근한 기름 냄새 같은 것이 풍겼다.

울타리에 다다르자 프란체스카는 한 손으로 철망을 잡아 내리고 그 위를 넘었다. 샌들을 신은 발에 이슬이 느껴졌다. 그도 똑같은 방법으로 쉽게 부츠 신은 발을 철망 위로 넘겼다.

"이곳을 초지라고 부릅니까, 아니면 초원이라고 부릅니까?"

그가 물었다.

"초원이라고 할걸요. 소 떼가 풀을 뜯어 먹어서 늘 풀이 짧은 상태예요. 혹시 소들이 풀밭에 멋진 선물을 남겨 놓았을지도 모르니 조심하세요."

만월에 가까운 달이 동쪽 하늘에서 나왔다. 담청색으로 변한 하늘의 태양은 지평선 바로 아래 걸려 있었다. 아래쪽 도로에 차 한 대가 요란스런 소리를 내며 총알같이 지나갔다. 클라크네 아들이리라. 윈터셋 팀의 쿼터백을 맡아 보는 아이. 주디 레버렌슨과 데이트를 한다지.

그녀는 이런 산책이 정말 오랜만이었다. 저녁 식사가 끝나면 늘 5시경이었으므로 텔레비전 뉴스를 보았다. 저녁 프로그램이 이어지면 리처드는 계속 텔레비전을 시청했고, 가끔 숙제를 마친 아이들이 함께했다. 프란체스카는 보통 부엌에서 책을 읽거나 — 윈터셋 도서관과 그녀가 속한 도서 클럽에서 대출한 책으로 역사와 시, 소설이 주종을 이루었다. ─ 날씨가 좋으면 앞 현관에 앉아서 시간을 보냈다. 그녀는 텔레비전이 따분했다.

리처드는 "프래니, 당신도 이걸 봐야 해!"라고 소리치곤 했다. 그러면 안으로 들어가 그와 함께 한동안 텔레비전을 봤다. 엘비스가 나오면 늘 그런 고함이 들렸다. 비틀스가 처음으로 '에드 설리번 쇼'에 나왔을 때도 그랬고. 리처드는 비틀스 멤버의 머리 모양을 보고는 믿을 수 없다는 듯 연신 고개를 내저으며 못마땅해했다.

잠시 하늘 한 귀퉁이에 붉은 줄들이 그어졌다.

"저는 저걸 '일렁임'이라고 부릅니다."

로버트 킨케이드는 머리 위쪽을 가리켰다. 그러고는 이어 말했다.

"대부분의 사람들은 너무 일찍 카메라를 가방에 넣지요. 해가 진 후 정말로 멋진 광선과 색깔이 하늘에 나타나는 경우가 종종 있습니다. 단 몇 분간이지만 해가 지평선 아래 있을 때면 광선이 하늘에서 일렁이지요."

프란체스카는 아무 말도 하지 않았지만, 초지와 초원의 차이를 중요하게 여기는 남자, 하늘 색깔에 흥분하는 사람, 시를 약간 쓰지만 소설은 그다지 많이 쓰지 않는 남자에 대해 생각했다. 기타를 치는 남자, 이미지로 밥벌이를 하고 장비를 배낭에 넣어 가지고 다니는 남자. 바람 같아 보이는 남자. 그리고 바람처럼 움직이는 남자. 어쩌면 바람을 타고 온 사람.

그가 리바이스 청바지 주머니에 손을 찌르고 하늘을 쳐다보았다. 카메라가 왼쪽 엉덩이 부근에서 달랑거렸다.

"달은 은 사과, 태양은 황금 사과."

그는 중간쯤 되는 바리톤 음성으로 직업 배우처럼 시구를 읊었다.

프란체스카는 힐끗 그를 바라보았다.

"W. B. 예이츠의 〈방랑의 노래〉군요."

"그렇습니다. 예이츠의 시는 좋지요. 리얼리즘, 경제성, 관능, 아름다움, 마법을 갖춘 시죠. 제 몸속을 흐르는 아일랜드 기질을 흔들어 깨우는 시들이지요."

킨케이드는 그 모든 것을 다섯 단어로 표현했다. 프란체스카는 윈터셋의 학생들에게 예이츠에 대해 설명하려고 무척 애를 쓴 적이 있었지만, 대부분은 제대로 이해시키지 못했다. 그녀는 부분적으로는 킨케이드가 방금 말한 이유 때문에 예이츠를 선택했다. 풋볼 게임 휴식 시간이면 연주를 하는 고교 밴드처럼, 마음이 통통 튀는 십대들에게는 예이츠의 그런 특성이 잘 먹히리라는 생각에서였다. 그러나 그들의 시에 대한 편견, 사춘기 소년들이 갖는 불안정성을, 예이츠로는 도저히 극복할 수가 없었다.

그녀가 '태양은 황금 사과'라는 시구를 읽을 때, 옆에 앉은 남학생을 쳐다보며 양손으로 여자의 가슴 모양을 만들어 보이던 매튜 클라크가 떠올랐다. 그들이 키득대자 그들과 함께 뒷줄에 앉아 있던 여학생들이 얼굴을 붉혔다.

그 학생들은 평생토록 그런 태도로 살리라. 프란체스카는 그걸 알기 때문에 낙심했다. 그래서 그 지역 사람들이 외향적으로 다정하게 대함에도 불구하고, 그녀는 자신의 설 자리를 잃은 사람처럼 고독을 느끼곤 했다. 매디슨 카운티 사람들은 말하기를 좋아했다. 그럼으로써 자기들의 문화적인 척박을 벌충하기라도 하려는 듯이. "이곳은 아이들을 키우기에 참 좋은 곳이지요."라는 이야기를 들을 때마다 프란체스카는 "그러면 이곳이 어른들이 살기에도 참 좋은 곳인가요?"라고 반문하고 싶어졌다.

의식적으로 계획하지 않고 그들은 천천히 걸음을 옮겨 풀밭을 몇백 야드나 걸어갔다가 방향을 돌려 다시 집 쪽으로 향했다. 울타리를 넘을 때 어둠이 내렸다. 이번에는 킨케이드가 그녀를 위해 철망을 잡아 내려 주었다.

그녀는 브랜디 생각이 났다.

"브랜디가 있어요. 아니면 커피를 드시고 싶으세요?"

"두 가지 다 할 수 있을까요?"

어둠 속에서 그의 목소리가 울렸다. 프란체스카는 그가 미소 짓고 있다는 것을 알았다.

풀밭을 둘러싼 지역 안으로 들어와 밭에 설치한 가로등 옆을 지날 때 그녀가 대답했다.

"물론이죠."

프란체스카는 자기 목소리에 배어 있는 그 무엇인가 때문에 걱정스러웠다. 그것은 나폴리의 카페에 앉아 터뜨리곤 하던 웃음기 묻은 소리였다.

이가 빠지지 않은 잔 두 개를 찾기가 어려웠다. 이가 빠진 잔이 그녀 생활의 일부임이 분명하기는 했지만, 그래도 그녀는 이번에는 완벽한 잔으로 대접하고 싶었다. 브랜디 잔은 찬장 뒤쪽에 거꾸로 놓여 있었다. 브랜디와 마찬가지로 한 번도 사용한 적이 없는 잔이었다. 프란체스카는 발을 모으고 팔을 쭉 뻗어 잔을 꺼내려고 했다. 이슬에 젖은 청바지가 그녀의 몸 아래쪽에 찰싹 달라붙었다.

킨케이드는 아까 앉았던 의자에 앉아서 그녀를 지켜보았다. 아주 고전적인 방식으로. 다시 오랜 욕망이 밀려들었다. 그녀의 머리칼은 어떤 감촉일지 궁금했다. 그의 손에 느껴지는 그녀의 등의 곡선은 어떨까. 그의 몸 아래에서 그녀는 어떤 느낌을 가질까.

배워서 알게 된 모든 것에 배치되는 오랜 욕망, 수 세기에 걸친 문화에 의해 적절하다고 일컬어지는 것과, 문명인의 엄격한 규칙에 배치되는 욕망. 그는 다른 것을 생각하려고 애썼다. 사진이나 길, 지붕 있는 다리 같은 것. 지금 그녀가 어떻게 보이는가에 대한 생각이 아니라면 어떤 것이라도.

하지만 그럴 수가 없었다. 그녀의 살결은 어떤 감각일지, 배를 그녀의 배에 마주 대는 것은 어떤 기분일지 다시 궁금해졌다. 그런 질문은 끝나지 않았다. 늘 마찬가지였다. 빌어먹을, 오랜 욕망이 표면으로 나오려고 안간힘을 쓰고 있었다. 그는 그런 욕망을 꾹 누르면서 카멜 담배에 불을 붙이고 깊게 숨을 들이쉬었다.

프란체스카는 그의 눈길이 계속해서 자신에게 머무는 것을 느낄 수 있었다. 비록 그의 눈길이 조심스러웠고, 적나라하지 않았고, 뻔뻔스럽지 않았지만. 그녀는 브랜디를 그 잔에 한 번도 따라 본 적이 없다는 사실을 그가 알아차렸음을 감지했다. 그리고 그가 아일랜드 사람다운 비극적인 감각으로 뭔가 공허함을 느낀다는 것도 알았다. 연민이 아니었다. 그가 생각하고 있는 것이 연민은 아니었다. 어쩌면 슬픔. 프란체스카는 그의 마음속 소리를 듣고 있는 것 같았다. 그는 혹시 이런 시구를 떠올리고 있는 것은 아닐까?

열지 않은 술병,
그리고 빈 술잔,
그녀는 그것들을 찾으려 손을 뻗었네,
아이오와의
미들강 북쪽 어느 곳에서.
나는 그녀를 보았네.
아마존을 보았던 눈으로,
대상(隊商)이 먼지가 휘날리는
실크로드를 보았던 눈으로,
아시아의 하늘을 보았던 눈으로.

프란체스카는 브랜디 병 맨 위에 붙은 아이오와주의 인지를 찢으면서, 자신의 손톱을 내려다보았다. 손톱이 더 길고 정리가 잘되었으면 싶었다. 농사를 짓는 생활은 손톱을 기르는 것을 허용하지 않았다. 물론 지금까지는 그런 것이 문제가 된 적은 한 번도 없었지만.

식탁 위에 브랜디와 잔 두 개가 있었다. 그녀가 커피를 끓이는 사이, 킨케이드는 병을 따서 잔에 적당한 양만큼 따랐다. 그는 저녁 식사 후에 브랜디를 대접해 본 경험이 있었다.

프란체스카는 그가 얼마나 많은 부엌에서, 얼마나 많은 좋은 레스토랑에서, 얼마나 많은 흐릿한 조명의 거실에서, 이렇게 술을 따라 보았을까 궁금했다. 몇 명이나 되는 긴 손톱의 여자가 브랜디 잔을 들고 그를 마주 보았을까. 둥글고 푸른 눈을 지닌 여자, 길쭉한 갈색 눈을 가진 여자…….
그런 여자들과 외국에서의 저녁을 보냈을 것이다. 그 사이 정박한 배는 해안에서 흔들리고, 물살은 항구에 찰랑거렸겠지.

부엌 위의 전등이 커피와 브랜디를 마시기에는 지나치게 밝았다. 리처드 존슨의 아내 프란체스카 존슨이라면 전등을 그대로 두었으리라. 저녁 식사 후에 초원을 산책하고, 소녀 시절의 꿈을 지닌 여자, 프란체스카 존슨이라면 불을 꺼 버렸을 터였다. 촛불을 켤 수도 있었지만 그건 너무 지나친 일이 되리라. 그러면 그가 자칫 오해할지도 모르는 일이었다. 그녀는 부엌 싱크대 위의 작은 전등을 켜고 머리 위쪽의 등은 껐다. 여전히 완벽한 분위기는 아니었지만 아까보다는 더 나았다.

킨케이드는 어깨 높이만큼 잔을 들고 그녀에게 다가왔다.

"고대의 저녁과 멀리서 들려오는 음악에 건배."

무슨 이유에선지 그 말을 듣자 프란체스카는 호흡이 가빠졌다. 하지만 그녀는 그의 잔에 잔을 부딪쳤고, "고대의 저녁과 멀리서 들려오는 음악에 건배."라고 말하고 싶었지만 그냥 가볍게 미소만 지었다.

두 사람 다 담배를 피우며 아무 말 없이 브랜디를 마시고, 커피를 마셨다. 들판에서 꿩 울음소리가 들려왔다. 개가 마당에서 두 번 짖었다. 모기 떼가 식탁 근처의 방충망에 달려들었고, 나방 한 마리가 본능적으로 싱크대의 전등에 현혹되었다.

여전히 무더웠고, 바람 한 점 없었다. 그리고 습기로 눅눅했다. 로버트 킨케이드는 약간 땀을 흘리고 있었다. 그의 셔츠 위 단추 두 개는 끌러져 있었다. 그가 프란체스카를 직접적으로 바라보지는 않았지만, 그녀는 그의 말초 감각이 그녀를 더듬고 있다는 것을 알아차렸다. 그의 시선이 창문 쪽을 향하고 있었지만 그것은 분명했다. 그가 묘한 방향으로 몸을 돌리고 있어서, 풀어 헤친 셔츠 단추 사이로 가슴 맨 윗부분이 보였다. 피부에 작은 땀방울이 맺혀 있었다.

프란체스카는 기분이 좋았다. 옛날에 느끼던 기분, 시와 음악적인 기분. 그러나 이제는 그가 가야 할 시간이라고 그녀는 생각했다. 냉장고 위의 시계가 9시 42분을 가리키고 있었다. 라디오에서는 파론 영의 노래가 흘러나왔다. 몇 년 전의 〈세인트 세실리아 성당〉이라는 노래였다. 프란체스카는 그것이 A.D. 3세기 로마의 순교자를 기리는 노래라고 기억하고 있었다. 음악과 맹인들의 수호 성자를.

그의 잔이 비었다. 그가 창문을 바라보다가 몸을 돌리자 프란체스카는 빈 잔을 향해 브랜디 병을 흔들어 보였다. 킨케이드는 고개를 가로저었다.

"새벽에 로즈먼 다리에 가야 합니다. 이제 일어나는 것이 좋겠군요."

그녀는 마음이 놓였다. 하지만 실망스러웠다. 마음속이 이랬다저랬다 했다. '그래요, 제발 가 줘요. 브랜디를 좀 더 마셔요. 그대로 있어요. 가요.' 파론 영은 그녀의 감정 따윈 아랑곳하지 않았다. 싱크대 위의 나방도 마찬가지였다.

그녀는 로버트 킨케이드가 무슨 생각을 하는지 감을 잡을 수 없었다.

그는 일어나서 왼쪽 어깨에 배낭을 둘러메고, 다른 배낭은 아이스박스 위에 놓았다. 프란체스카가 식탁을 돌아 나왔다. 그는 손을 내밀었고, 그녀는 손을 마주 잡았다.

"저녁 시간, 감사했습니다. 저녁 식사도, 산책도요. 모두 다 멋있었어요. 당신은 좋은 사람입니다, 프란체스카. 브랜디를 찬장 앞쪽에 보관해 두세요. 조만간 쓸 일이 있을지도 모르니까요."

그녀는 그가 무슨 생각을 하는지 알고 있었다. 하지만 프란체스카는 그의 말에 화나지 않았다. 그는 로맨스에 대해 이야기하고 있었다. 가능한 범위에서 가장 그럴듯한 말로 그것을 표현했다. 그녀는 그의 부드러운 말씨 속에 담긴 진실을 알아차릴 수 있었다. 하지만 그가 부엌 벽에 대고 소리쳐 이런 말을 새기고 싶어 한다는 것은 그녀도 몰랐다. "제발, 리처드 존슨. 내가 생각하는 것만큼이나 당신이 어리석은 사람이라면 얼마나 좋겠소!"라고.

그녀는 그를 따라 트럭이 서 있는 곳까지 나갔다. 킨케이드가 물건을 차에 싣는 사이, 그녀는 그 옆에 서 있었다. 개가 마당을 가로질러 와서 트럭 주위를 킁킁대고 다녔다.

"잭, 이리 와."

프란체스카가 날카롭게 속삭이자 개는 그녀 옆에 앉아서 숨을 헐떡였다.

"안녕히 계십시오. 몸조심하시고요."

킨케이드는 이렇게 말하고, 트럭 문 옆에 서서 한참 동안 그녀를 똑바로 쳐다보았다. 그리고 곧이어 운전석에 올라타고 문을 닫았다. 그가 낡은 엔진에 시동을 걸고 액셀러레이터를 밟자 차가 쿨렁쿨렁하며 움직이기 시작했다. 그는 창문에 몸을 기대고 씩 웃으며 말했다.

"엔진을 조정해야 될 것 같군요."

그가 클러치를 밟고 차를 뒤로 뺐다가 다시 기어를 바꿔 가로등 아래 마당 쪽으로 차를 몰았다. 어두운 집 앞길로 들어서기 전에 그는 왼손을 창밖으로 내밀고 그녀에게 손을 흔들었다. 프란체스카는 그가 보지 못한다는 것을 알면서도 마주 손을 흔들어 주었다.

트럭이 집 앞길로 들어서자 그녀는 달음질쳐서 어둠 속에서 트럭 뒤의 등에 빨간 불이 깜박이는 것을 지켜보았다. 로버트 킨케이드는 간선 도로에서 좌회전해서 윈터셋 쪽으로 향했다. 그사이 여름 하늘에서는 천둥소리도 없이 번개가 쳤고, 잭은 천천히 뒷문으로 걸음을 옮겼다.

그가 떠나고 난 후, 프란체스카는 화장대 거울 앞에 벌거벗은 채로 섰다. 아이들을 출산했지만 엉덩이는 겨우 약간 처진 정도였고, 가슴은 여전히 아름답고 단단했다. 또 너무 크지도 너무 작지도 않았다. 배는 약간 동그란 편이었다. 거울로는 다리를 볼 수 없었지만, 아직도 각선미가 괜찮다는 것을 그녀는 알고 있었다. 다리 면도를 더 자주 했어야 했지만, 별로 신경 쓸 필요는 없었다.

리처드는 어쩌다 한 번씩만 부부 생활에 관심이 있었다. 두어 달에 한 차례 정도였지만 그것도 빨리 끝났다. 초보적이었고, 감동도 없었다. 그는 향수니 면도니 그런 것에는 별로 관심이 없는 것 같았다. 적당히 얼버무리면 되니 쉬운 일이었다.

그에게 프란체스카는 무엇보다도 사업 동업자였다. 그녀도 어떤 면에서는 그것을 감사히 여겼다. 하지만 이제, 그녀의 마음속에 숨어 있었던 또 하나의 '내'가 살랑거리며 소리를 냈다. 목욕을 하고 향수를 뿌리고 싶어 하는 사람…… 그녀는 또 다른 자아에 의해 압도당하고 싶었다. 넋을 잃고, 껍질이 벗겨지길 원했다. 하지만 또 다른 '나'는 그녀의 마음속에서조차 아주 희미할 뿐이었다.

프란체스카는 다시 옷을 입고, 부엌 식탁에 앉아서 깨

끗한 편지지 반쪽에 편지를 썼다. 그녀가 포드 픽업이 세워진 곳으로 가자 잭이 따라왔다. 프란체스카가 문을 열자 잭이 올라탔다. 개는 조수석에 앉아서, 그녀가 트럭을 헛간에서 빼내자 창밖에 머리를 내밀었다가 그녀를 힐끗 쳐다보고는 다시 창밖으로 고개를 내밀었다. 그녀는 집 앞길을 내려가 시골길 쪽으로 우회전했다.

로즈먼 다리는 어두웠다. 하지만 잭이 앞서 달려가며 사방을 살폈고, 그녀는 트럭에서 가져온 손전등을 가지고 걸어 나갔다. 프란체스카는 다리 입구의 왼쪽에 쪽지를 붙이고 집으로 돌아갔다.

화요일의 다리

로버트 킨케이드는 동이 트기 한 시간 전, 리처드 존슨네 우편함을 지나쳤다. 그는 밀키웨이(초콜릿 바의 이름: 옮긴이)와 사과를 번갈아 가며 씹고 베어 먹었다. 커피가 쏟아지지 않도록 컵을 허벅지 사이에 끼고 있었다. 그는 집 앞을 지나가다가 달빛을 받고 서 있는 하얀 집을 올려다보았다. 그리고 남자들, 대부분의 남자들의 멍청함에 고개를 저었다. 적어도 브랜디를 함께 마시는 정도는 어렵지 않은 일이 아닌가. 밖에 나가면서 방충문을 쾅 닫지 않을 수도 있지 않은가.

프란체스카는 픽업이 덜컹거리며 지나가는 소리를 들었다. 그녀는 침대에 누워 있었다. 처음으로 벌거벗은 채 잠을 잤다. 적어도 그녀의 기억 속에서는 그랬다. 그녀는 킨케이드가 바람에 머리칼을 나부끼면서, 트럭 창을 열고 한 손은 운전대를 잡고 다른 손에는 카멜 담배를 든 모습을 그릴 수 있었다.

그녀는 그가 탄 트럭이 로즈먼 다리 쪽으로 사라지는 소리를 들었다. 그리고 마음속으로 예이츠의 시를 생각하기 시작했다. '나는 개암나무 숲에 갔었네. 내 머릿속에 불이 났기에…….' 그녀의 어조는 학교 선생님이 시를 읽는 것과 애원하는 사람의 목소리, 그 중간이었다.

킨케이드는 트럭을 다리에서 충분히 떨어진 곳에 세웠다. 그래야 어떻게 구도를 잡아도 트럭이 방해가 되지 않았다. 그는 좌석 뒤의 좁은 공간에서 무릎까지 올라오는 고무장화를 꺼냈다. 그리고 트럭 뒤 칸에 앉아서 가죽 부츠를 벗고 고무장화로 갈아 신었다. 끈이 달린 배낭을 양어깨에 메고, 삼각대의 끈을 왼쪽 어깨에 멨다. 그리고 다른 배낭은 오른손에 들고서 강을 향해 가파른 강둑을 올랐다.

구도상 긴장감을 주는 각도에서 다리를 찍을 예정이었다. 동시에 강줄기가 약간 보이게 하고, 입구 근처 벽에 있는 낙서는 나오지 않게 해야 했다. 뒤쪽의 전화선이 문제였지만 구도를 잘 맞추기만 하면 어떻게 해 볼 수 있을 것이다.

그는 코닥크롬 필름을 넣은 니콘 카메라를 꺼내 무거운 삼각대 위에 고정시켰다. 카메라에는 24밀리미터 렌즈가 끼워져 있었다. 그는 그것을 자신이 가장 애용하는 105밀리미터 렌즈로 바꿔 끼웠다. 이제 동쪽에서 뿌연 빛이 나타나자 그는 구도를 시험하기 시작했다. 삼각대의 다리 두 개를 왼쪽으로 옮겨서 강가의 진흙땅에 단단히 고정시켰다. 그는 카메라 끈을 왼쪽 손목에 감고 있었다. 물가에서 작업을 할 때면 늘 지키는 규칙이었다. 삼각대가 넘어져서 카메라가 물에 빠지는 경우가 허다했기 때문이었다.

붉은빛이 올라오기 시작하며 하늘이 밝아졌다. 카메라를 6인치가량 낮추고 삼각대를 조정했다. 아직도 제대로 되지 않았다. 30센티미터쯤 더 왼쪽으로 옮겼다. 렌즈를 f/8에 놓았다. 피사계 심도를 어림잡아서 과초점 거리를 극대화시켰다. 태양이 지평선 위로 40퍼센트쯤 올라왔고, 다리의 낡은 페인트칠이 따스한 붉은색을 띠기 시작했다. 바로 그가 원하는 정경이었다.

킨케이드는 왼쪽 조끼 주머니에서 노출계를 꺼냈다. 그리고 f/8을 체크했다. 1초간 노출이었지만, 코닥크롬이 최대한으로 잘 버텨 줄 것이었다. 파인더를 통해 피사체를 보았다. 카메라 높이를 조절해서 셔터 릴리스를 누르고 1초가 지나가기를 기다렸다.

그가 막 셔터를 눌러 대기 시작했을 때, 뭔가 눈에 들어왔다. 킨케이드는 다시 파인더를 들여다보았다.

"도대체 다리 입구에 뭐가 매달려 있는 거야? 종이쪽지 군. 어제는 없었는데."

그가 중얼거렸다.

삼각대는 잘 고정되어 있었다. 그는 떠오르는 태양을 등 뒤로 하고 재빨리 강둑을 뛰어 올라갔다. 다리에는 쪽지가 깔끔하게 붙어 있었다. 그걸 뜯어 압정과 쪽지를 조끼 주머니에 넣었다. 그리고 다시 강가로 내려와서 카메라 뒤에 섰다. 해는 60퍼센트가량 떠올라 있었다.

힘껏 뛴 탓에 숨이 찼다. 다시 셔터를 눌렀다. 똑같은 사진을 만들기 위해 두 번을 반복했다. 바람도 없었고, 초원은 고요했다. 2초짜리 셔터를 세 번 누르고, 확실히 해 두기 위해 1초 반짜리 셔터를 다시 세 번 눌렀다.

렌즈를 f/16으로 돌렸다. 똑같은 과정이 다시 반복되었다. 삼각대와 카메라를 강 가운데로 옮겼다. 다리를 세우고 보니 걸어온 모래땅에 발자국이 나 있었다. 다시 장면을 아까처럼 찍었다. 새 코닥크롬 한 롤을 넣었다. 렌즈를 24밀리미터로 바꿔 끼우고, 105밀리미터짜리는 주머니에 넣었다. 강 상류를 건너 다리에 더 가까이 다가갔다. 삼각대를 세우고, 카메라를 조절하고, 노출을 체크하고, 셔터를 세 번 누르고, 확실히 해 두기 위해 다시 한번 누르고.

이번에는 카메라를 세로로 세워 구도를 다시 잡았다. 그리고 다시 셔터를 눌렀다. 관례대로 똑같은 장면을 여러 컷 찍었다. 그의 동작에는 흠잡을 데가 없었다. 모두 몸에 밴 동작이었고, 이유가 있었고, 우연히 이루어지는 행위 없이 효율적이고 전문적으로 이루어졌다.

그가 장비를 들고 강둑 위로 달려가 다리를 지났을 때, 해가 떠올랐다. 이제 어려운 컷이었다. 고감도 필름이 든 다른 카메라를 꺼내 카메라 두 대는 목에 걸고, 다리 뒤편의 나무에 올라갔다. 나무옹이에 팔이 찔렸지만 욕설을 내뱉고는 계속 올라갔다. 이제 높은 나무 위에서 다리를 내려다보았다. 강줄기가 햇빛을 받는 각도였다.

다리 지붕을 분리시키고, 다리의 그림자 부분을 따로 떼 놓기 위해 집중 조명 광선을 사용했다. 물의 표시 도수를 점검했다. 그리고 알맞게 카메라를 배치해서 아홉 번을 찍고 다시 한번 더 찍었다. 그리고 카메라를 나무 아귀에 걸어 놓은 조끼에 넣고 카메라를 바꾸었다. 고감도 필름으로 다시 열두 번을 더 찍었다.

그는 나무 아래로 내려왔다. 강둑 아래로 내려가서 삼각대를 세우고, 다시 코닥크롬을 넣었다. 그리고 강의 반대편에서 처음에 찍었던 것과 거의 비슷한 시리즈를 찍었다. 그는 세 번째 카메라를 가방에서 꺼냈다. 낡은 SP 레인지파인더 카메라였다. 이제 흑백 필름 작업을 할 차례였다. 다리 위의 광선이 시시각각 변했다.

병사들이나 외과의사들, 사진작가들이나 이해가 될 20분간의 집중적인 작업이 끝나자, 로버트 킨케이드는 배낭을 트럭에 싣고 왔던 길을 되돌아갔다. 시내의 북서쪽에 있는 호그백 다리까지는 15분이 걸렸으므로, 서두르기만 하면 거기서도 몇 컷 찍을 수 있었다.

그는 카멜 담배에 불을 붙였고, 트럭은 먼지를 휘날리며 덜컹덜컹 달려 북쪽을 향해 서 있는 하얀 집과 리처드 존슨의 우편함을 지나쳤다. 그녀는 기척이 없었다. 도대체 뭘 기대하는 거야? 그녀는 결혼했어. 잘 지내고 있다고. 너도 괜찮아. 누가 그런 류의 복잡한 일을 저지르겠어? 근사한 저녁이었고, 근사한 식사였고, 근사한 여자였어. 그 정도로 그치자고. 맙소사, 하지만 그녀는 아름다워. 그녀에겐 뭔가가 있어. 무엇인가가. 그녀에게서 눈을 떼기란 정말로 어렵다고.

그의 트럭이 집 앞을 지나쳤을 때, 프란체스카는 헛간에서 가축을 돌보고 있었다. 가축들이 내는 시끄러운 소리 때문에 도로에서 나는 소리는 들리지 않았다. 그리고 로버트 킨케이드는 호그백 다리로 향했다. 황급히 달렸다. 광선을 좇아서.

두 번째 다리에서는 매사가 순조로웠다. 다리가 계곡속에 있어서 그가 도착했을 때까지도 여전히 주위에 안개가 감돌았다. 300밀리미터 렌즈를 쓰니 구도의 왼쪽 윗부분에 커다란 해가 들어왔다. 그리고 나머지 부분에는 다리쪽으로 굽이도는 흰 바윗길과 다리가 배치되었다.

바로 그때, 흰 길을 따라 옅은 갈색 말들이 끄는 수레를 몰고 가는 농부가 파인더에 들어왔다. 요즘 세상에 거의 보기 힘든 시골 사람이라고 생각하며 킨케이드는 빙긋이 웃었다. 좋은 장면이 나타나면 그는 금방 알아챘고, 작업을 하면서 최종적으로 어떤 사진이 나오리라는 것을 벌써 짐작할 수 있었다. 세로로 찍으니 밝은 하늘이 잡혔다. 이 부분에는 제목을 집어넣을 수 있으리라.

8시 30분, 그는 삼각대를 접으며 기분이 좋았다. 아침의 일은 성과가 괜찮았다. 전원적이고 보수적인 작품이었지만 근사하고 탄탄했다. 농부와 말수레 사진은 커버로 쓸 수도 있으리라. 그래서 그는 글자와 로고가 들어갈 공간으로 쓰도록 사진의 제일 윗부분을 여백 처리했다. 편집자들은 이런 사려 깊은 장인 정신을 좋아했다. 로버트 킨케이드에게 일을 맡기는 것도 이런 이유에서였다.

그는 필름 일곱 통을 어떤 것은 전부, 어떤 것은 일부분만 찍었다. 카메라 세 대에서 필름을 꺼내 나머지 네 통이 든 조끼 왼쪽 아래 주머니에 넣었다.

"아얏!"

그의 검지손가락이 압정에 찔렸다. 로즈먼 다리에서 떼어 낸 쪽지를 주머니에 넣어 둔 것을 까맣게 잊고 있었다. 사실 종이쪽지가 있었다는 사실조차 잊고 있었다. 킨케이드는 쪽지를 꺼내 펴서 읽었다.

'흰 나방들이 날갯짓할 때' 다시 저녁 식사를 하고 싶으시면, 오늘 밤 일이 끝난 후 들르세요. 언제라도 좋아요.

이 쪽지와 압정을 가지고 어둠을 가로질러 다리까지 차를 몰았을 프란체스카 존슨의 모습을 상상하니 절로 미소가 나왔다. 5분 후 그는 시내로 돌아갔다. 텍사코 주유소 직원이 연료를 점검해서(아주 조금밖에 남지 않았다고 했다.) 탱크를 채우는 사이, 킨케이드는 주유소의 공중전화로 갔다. 얇은 전화번호부는 주유소에서 기름을 넣은 사람들의 손때를 타서 닳고 닳아 너덜너덜했다. 'R. 존슨'이라는 이름이 둘이었지만 하나는 시내 주소로 되어 있었다.

그는 전화번호를 돌리고 기다렸다.

부엌의 전화벨이 울리자, 프란체스카는 뒷문에서 개에게 먹이를 주다가 달려왔다. 그녀가 전화를 받은 것은 벨이 두 번 울렸을 때였다.

"존슨네 집입니다."

"안녕하세요, 저는 로버트 킨케이드입니다."

그녀의 가슴이 어제처럼 또 뛰기 시작했다. 가슴이 덜컥 내려앉는 것 같았다.

"메모를 봤습니다. 예이츠를 멋지게 인용하셨더군요. 초대를 받아들이겠습니다. 하지만 늦을지도 모르겠어요. 날씨가 상당히 좋아서 촬영을 할 계획이거든요. 저, 이름이 뭐더라? 시더 다리도 찍을 생각이에요…… 오늘 저녁에요. 일이 9시 전에 끝날지도 모르겠어요. 그러면 몸을 씻고 싶을 거예요. 그러니까 9시 반이나 10시나 되어야 거기 도착할지도 모르겠어요. 그래도 괜찮으시겠습니까?"

'아뇨, 괜찮지 않아요.' 그녀는 그렇게 오래 기다리고 싶지 않았지만, 이렇게 대답했다.

"네, 그럼요. 일은 다 마치셔야죠. 그게 중요한 거니까요. 여기 도착하시자마자 드실 수 있도록 음식을 준비해 놓을 게요. 쉽게 데울 수 있는 음식으로요."

그러자 그가 덧붙였다.

"제가 촬영하는 동안 함께 있고 싶으시면 그래도 좋습니 다. 방해가 되지 않을 거예요. 5시 반에 부인을 모시러 들 를 수 있는데요."

프란체스카는 고민스러웠다. 그와 함께 가고 싶었다. 하 지만 누군가의 눈에 띄기라도 하면 어떻게 하나? 리처드 가 알게 되면 그에게 뭐라고 이야기한담.

시더 다리는 새로 놓은 시멘트 다리에서 50야드쯤 상류 쪽으로 떨어진 곳에 있는 다리였다. 그녀는 쉽사리 눈에 띄지는 않을 것이다. 아니면 눈에 쉽게 띌까? 눈 깜박할 사 이에 프란체스카는 결정했다.

"좋아요, 가겠어요. 하지만 내 픽업을 몰고 갈 테니까 거기서 만나도록 하지요. 몇 시가 좋겠어요?"

"6시쯤에요. 그러면 그때 뵙지요. 좋습니까? 안녕히 계 세요."

킨케이드는 나머지 시간을 지방 신문사에서 옛날 신문

을 뒤적이며 보냈다. 이 예쁘장한 고장에는 멋드러진 법원 광장이 있었다. 점심때 그는 광장 그늘의 벤치에 앉아서 과일과 빵 몇 조각, 그리고 길 건너편의 카페에서 사 온 콜라를 먹었다.

그가 그 카페에 들어가 콜라를 포장해 달라고 부탁했을 때는 정오가 약간 지난 때였다. 옛날 황량한 서부의 살롱에 총잡이가 나타났을 때처럼, 소란스럽던 카페에 순간적으로 정적이 흘렀다. 사람들 모두가 그를 힐끗거렸다. 그는 그것이 싫었다. 작은 고장에 들를 때면 늘 당하는 일이었다. 누군가 새로운 사람이 나타났다! 색다른 사람이! 그가 누굴까? 여기서 뭘 하는 걸까?

"저자는 사진작가라더군. 오늘 아침에 호그백 다리에서 온갖 종류의 카메라를 들고 있는 것을 보았대."

"트럭에 적힌 걸 보니 워싱턴주에서 온 것 같던데."

"오전 내내 신문사에 있었대. 짐의 말로는, 지붕 있는 다리에 관한 정보를 얻으려고 신문을 뒤적였다더군."

"그래, 텍사코에서 일하는 피셔가 그러는데, 저 사람이 어제 들러서 지붕 덮인 다리들로 가는 길을 물었대."

"그나저나, 그런 다리에 대해 도대체 뭘 알고 싶은 거야?"

"도대체 뭐 하자고 그런 다리 사진을 찍고 싶어 한다지?

형편없는 모양으로 쓰러져 가는 다리잖아."

"저 긴 머리 좀 봐. 꼭 비틀스 멤버 같군. 아니면 그 뭐라고 하더라? 그래, 히피족 같지 않아?"

그 말에 뒤쪽 칸막이에 앉은 사람들과 그 옆 테이블에 앉아 있던 사람들이 와락 웃음을 터뜨렸다.

킨케이드가 콜라를 사서 문 밖으로 나올 때도, 사람들의 시선은 그를 떠나지 않았다. 어쩌면 프란체스카를 초대한 것은 그의 실수였다. 그에게가 아니라 그녀에게. 만일 누군가 시더 다리에서 그녀를 본다면? 그러면 내일 아침 무렵이면 그 소문이 카페를 강타할 것이고, 텍사코 주유소의 피셔도 지나가는 사람에게 그 이야기를 전하게 되리라. 어쩌면 그보다 더 빠를 수도 있다.

킨케이드는 작은 마을에 사소한 소문이 퍼지는 속도를 과소평가하면 안 된다는 것을 익히 알고 있었다. 수단에서는 2백만 명의 아이들이 기아로 죽어 갈 수 있지만, 그것은 별로 마음에 걸리는 일이 못 될 것이다. 하지만 리처드 존슨의 부인이 장발의 낯선 사내와 함께 있는 것이 목격되면, 그것은 그야말로 뉴스거리가 될 것이다! 뉴스는 돌고 돌면서 덧붙여져서, 그 이야기를 듣는 사람들의 마음속에는 애매하게 육체적인 관계가 있었으리라는 추측까지 생겨나리라. 그러면 그해 최고의 화끈한 얘깃거리가 될 터였다.

그는 점심 식사를 마치고 법원 주차장에 있는 공중전화로 걸어갔다. 그리고 그녀의 집 번호를 돌렸다. 벨이 세 번 울렸을 때 프란체스카가 약간 숨찬 소리로 받았다.

"안녕하세요, 로버트 킨케이드입니다. 또 걸었어요."

그이는 올 수 없구나, 그 말을 하려고 전화를 한 거야. 그런 생각이 들자 그녀는 곧 아랫배가 당기는 기분이었다.

"단도직입적으로 말하죠. 오늘 밤 저와 함께 나가는 것이 부인께 문제가 되고, 마을 사람들의 호기심을 돋우는 일이 된다면 꼭 나오셔야 된다고는 생각하지 마세요. 솔직히 저는 이곳 사람들이 저에 대해 이렇게 생각하든 저렇게 생각하든 별로 신경 쓰지 않아도 괜찮지만, 부인께서 거북하시다면, 나중에 제가 집으로 가도록 하죠. 제가 말씀드리려는 것은, 어쩌면 부인을 나오시라고 한 것이 제 실수였을지도 모르니, 굳이 나와야 한다고는 생각하지 마시라는 겁니다. 부인이 함께 계시면 저야 좋기는 하지만요."

아까 통화를 한 이후로 프란체스카도 계속 그런 생각을 했었다. 하지만 그녀는 이미 결정을 내려 놓고 있었다.

"아뇨, 가서 선생님이 일하는 것을 보고 싶어요. 소문

따위는 걱정되지 않아요."

그녀는 걱정스러웠다. 하지만 마음속의 무엇인가에 이미 사로잡혀 있었다. 위험을 무릅쓸 만한 그 무엇인가에. 어떤 대가를 치르든지 그녀는 시더 다리에 갈 작정이었다.

"좋습니다. 어쨌든 짚고 넘어가야겠다고 생각했지요. 그럼 나중에 만나요."

"그래요."

그는 예민한 사람이었다. 그녀는 벌써 그것을 알고 있었다.

4시, 킨케이드는 모텔에 들러 싱크대에서 세탁을 하고, 깨끗한 셔츠로 갈아입었다. 그리고 셔츠 한 장과 카키색 바지, 1962년 인도에서 구입한 갈색 샌들을 차에 넣었다. 그 당시 인도에서는 다르질링까지 가는 꼬마 철로에 대해 기사를 만들었다. 그는 선술집에서 6팩짜리 버드와이저 두 세트를 샀다. 병맥주가 여덟 병 있으니 그만하면 충분하리라. 그는 아이스박스를 열고 필름 옆에 맥주를 넣었다.

더웠다. 정말로 더웠다. 아이오와의 늦은 오후의 더위는, 시멘트와 벽돌, 땅을 후끈하게 달아오르게 하는 한낮의 더위에 결코 뒤지지 않았다. 아니, 그보다 더 지독하다고 해야 할 것이다.

선술집은 어두웠다. 앞문을 열어 놓은 데다 천장에서 커다란 선풍기 몇 대가 돌아갔고, 또 문 옆에 세워 놓는 선풍기가 125데시벨 정도로 시끄럽게 돌아가고 있어서 조금 시원했다. 하지만 선풍기에서 나는 소음과 텁텁한 맥주 냄새, 담배 냄새, 주크박스에서 들리는 흐릿한 노랫소리에다가 바에 쭉 앉아서 반쯤은 적대감을 가지고 그를 바라보는 사람들의 얼굴 때문에, 실제 온도보다 훨씬 더 무덥게 느껴졌다.

길로 나오니 햇빛이 거의 아찔할 정도였다. 킨케이드는 캐스케이즈와 전나무, 키다카 포인트 근처의 환드퓨카 해협을 따라 불어오는 산들바람을 떠올렸다.

하지만 프란체스카 존슨은 시원해 보였다. 그녀는 다리 근처 나무들 뒤에 포드 픽업을 세우고 트럭의 흙받이에 몸을 기대고 서 있었다. 몸에 잘 맞는, 어제 입었던 그 청바지에 흰 면 티셔츠를 입고 샌들을 신은 모습이 그녀의 몸매에 썩 잘 어울렸다. 그는 프란체스카의 픽업트럭 옆에 차를 세우면서 손을 흔들었다.

"안녕하세요. 만나서 반갑습니다. 정말 덥군요."

그가 말했다. 별다른 뜻이 담기지 않은 인사말이었다. 느낌이 오는 여자 앞에 있을 때면 늘 그렇듯이, 무슨 말을 어떤 식으로 해야 하는지 감이 잡히지 않았다. 사실 그는 진지한 대화밖엔 모르는 사람이었다. 유머 감각이 잘 발달한 편이었지만, 기본적으로는 매사를 심각하게 받아들이는 편이었다. 그의 어머니는 언제나 말했었다. 그는 네 살 때 이미 어른이었다고. 그런 면모는 전문가가 되는 데에는 많은 도움이 되었다. 하지만 프란체스카 존슨 같은 여자들과 있을 때는 별로 도움이 되지 않는 사고방식이었다.

"사진 만드시는 걸 보고 싶었어요. 선생님은 '촬영'이라고 하죠."

"이제 곧 보게 될 겁니다. 지독하게 따분하다는 걸 알게 될 거예요. 적어도 다른 사람들은 보통 그렇게들 말합니다. 이건 다른 사람의 피아노 연주를 듣는 것과는 다르죠. 피아노 연주를 들을 때는 청중으로서 그 작업에 참여할 수도 있으니까요. 사진 촬영은 작업과 발표가 오랜 시간을 사이에 두고 분리되어 있지요. 오늘 저는 작업만 할 겁니다. 그렇게 찍은 사진이 어딘가에 게재되면, 바로 그게 발표지요. 당신은 제가 이리저리 돌아다니는 모습만 보게 될 거예요. 하지만 두 팔 벌려 환영합니다. 사실, 부인이 오셔서 기쁩니다."

그녀는 마지막 말 한 마디만이 마음에 들어왔다. 굳이

그렇게 표현할 필요가 없는데도 그는 그렇게 말했다. "환영합니다."라고 짧게 말할 수도 있었는데. 킨케이드는 그녀를 만난 것을 정말로 반가워하는 것이 분명했다. 프란체스카는 그에게 알리고 싶었다. 그녀 또한 기쁜 마음으로 여기 왔다는 것을.

"제가 도울 일이 있을까요?"

그가 고무장화를 신자 그녀가 물었다.

"저 파란 배낭을 들어 주시면 좋겠어요. 갈색 배낭과 삼각대는 제가 들겠습니다."

그래서 프란체스카는 사진작가의 조수가 되었다. 아무래도 그의 말이 틀린 것 같았다. 구경거리가 많았으니까. 그는 알아차리지 못했지만, 그것은 일종의 공연이었다. 어제부터 그녀는 이미 그 점을 알아차리고 있었다. 부분적으로는 그녀가 그에게 끌리는 점이기도 했다. 품위 있는 태도, 재빠른 눈놀림, 팔뚝 근육의 움직임, 그가 몸을 움직이는 방법. 프란체스카가 아는 남자들은 킨케이드에 비하면 둔탁했다.

그는 서두르지 않았다. 절대로 서두르는 기색이 아니었다. 프란체스카는 그에게 유연한 강인함이 있다는 것을 알아차렸다. 사실 그에게는 양처럼 순한 기질이 있었다. 아니, 양이라기보다는 표범이었다. 그랬다. 표범, 그게 알맞은 표현이었다. 킨케이드는 먹이가 아니었다. 오히려 정반대였다. 그것을 프란체스카는 알았다.

"프란체스카, 파란 끈이 달린 카메라를 주세요."

그녀는 배낭을 열어, 그가 그렇게 아무렇지도 않게 다루던 값비싼 기재를 극도로 조심스럽게 꺼냈다. 카메라에는 파인더에 '니콘'이라고 쓰여 있었고, 상표 왼쪽 윗부분에는 'F'라고 쓰여 있었다.

그는 다리 북동쪽에서 삼각대를 낮게 세우고 무릎을 꿇은 자세로 있었다. 킨케이드는 카메라 파인더에서 눈을 떼지 않고 왼손만 내밀었고, 그녀는 카메라를 건네주었다. 그녀는 그의 손이 닿는 것을 느끼며 그가 렌즈를 손에 쥐는 것을 지켜보았다. 그는 프란체스카가 어제 그의 조끼에 매달려 있는 것을 보았던, 코드의 끝에 달린 플런저를 작동시켰다. 셔터가 터졌다. 그는 셔터가 올라오자 다시 셔터를 눌렀다.

킨케이드는 삼각대 윗부분에 팔을 뻗어 위에 놓인 카메라를 돌려 빼고, 그 자리에 그녀에게 받은 카메라를 끼웠다. 새 카메라를 장치하면서 그는 그녀 쪽으로 고개를 돌리고 씩 웃었다.

"고마워요, 일류급 조수인데요."

그녀가 살그머니 얼굴을 붉혔다.

맙소사, 그에게 그런 점이 있었다니! 킨케이드는 유성 꼬리에 매달려 떠다니다가 그녀의 집 앞길 끝에 떨어진 별과 같았다. 나는 왜 아무렇지도 않게 "천만에요."라고 말하지 못하는 걸까? 그녀는 생각했다. 이 사람과 있으면 기분이 느슨해져. 그는 아무것도 하지 않는데도. 그가 아니라 내가 문제지. 나는 이 사람처럼 마음이 빨리 움직이는 사람들과 함께 있는 데 익숙하지 않으니까.

그가 시냇물을 건너 다른 쪽 강둑으로 올라갔다. 프란체스카는 파란 배낭을 들고 다리를 건너 그의 뒤에 섰다. 행복했다. 이상하게 행복했다. 이곳에는 힘이 있었다. 그가 일하는 분위기에서 나오는 어떤 힘. 킨케이드는 자연이 변하기를 기다리지 않았다. 이쪽에서 유연하게 자연을 다루었다. 마음속으로 보는 이미지에 맞추어 앞에 펼쳐진 광경을 짜맞추었다.

그는 다양한 렌즈와 다양한 필름, 때로는 필터로 빛을 새롭게 바꿔 가며 화면에 자기 의지를 표현했다. 그냥 자연과 맞붙어 싸우는 것이 아니라 기술과 지성을 이용해 자연을 지배했다. 농부들 또한 화학 비료와 불도저로 땅을 지배했다. 하지만 로버트 킨케이드가 자연을 변화시키는 방식은 유연했고, 또 일을 마치고 나더라도 원래의 형태는 변함이 없었다.

프란체스카는 그가 무릎을 굽힐 때 허벅지 근육이 청바지에 그대로 드러나는 것을 보았다. 물 빠진 작업복 셔츠가 그의 등에 딱 달라붙었고, 잿빛 머리칼이 칼라 위를 덮었다. 그녀는 그가 웅크리고 앉아서 장비를 맞추는 것을 보면서, 정말로 오랜만에, 누군가를 보는 것만으로 다리 사이가 젖어 버렸다. 그걸 느끼자 프란체스카는 저녁 하늘을 올려다보면서 깊게 숨을 내쉬었다. 그리고 렌즈가 필터에 꼭 끼어 잘 빠지지 않는다고 그가 나직이 욕설을 내뱉는 소리에 귀를 기울였다.

킨케이드는 고무장화를 첨벙거리며 다시 개울을 건너가서 트럭 쪽으로 갔다. 프란체스카는 지붕 덮인 다리 안으로 들어갔다. 그녀가 지붕 끝머리로 나왔을 때, 그는 몸을 웅크리고 카메라를 그녀에게 갖다 댔다. 그가 셔터를 눌렀다. 그에게 프란체스카가 다가갈 때 그는 두 번, 세 번 셔터를 눌렀다. 그녀는 약간 당황해서 자기도 모르게 씩 웃었다.

그가 미소를 지었다.

"걱정하지 마세요. 당신의 허락 없이는 어디에도 게재하지 않을 테니까요. 여기서의 작업은 끝났습니다. 모텔에 들러서 몸을 좀 씻고 가고 싶은데요."

"원하시면 그렇게 해도 좋아요. 하지만 제가 수건을 빌려 드릴 수도, 샤워를 하게 해 드릴 수도, 펌프를 이용하게 해 드릴 수도 있는데요."

프란체스카는 나직이, 진심을 담아 말했다.

"좋습니다, 그렇게 해 주세요. 가시지요. 저는 해리 — 트럭 이름입니다. — 에다가 도구를 싣고 곧장 따라가지요."

그녀는 리처드의 새 포드 픽업을 나무 뒤에서 빼서 다리에서 방향을 돌린 다음 간선 도로로 들어서서 우회전했다. 윈터셋 쪽으로 향하다가 거기서 남서쪽으로 빠져 집 방향으로 달렸다. 트럭이 먼지를 너무 많이 일으켜서, 그가 뒤따라오는지 볼 수가 없었다. 커브 길을 돌면서 얼핏 보니, 1마일 뒤쪽에서 해리라는 트럭이 덜컹대며 달려오는 것 같기는 했다.

틀림없이 킨케이드였으리라. 그녀가 막 집에 도착했을 때, 그의 트럭이 집 앞길에 들어서는 소리가 난 것을 보면. 잭은 짖어 대더니 그를 알아보고는 곧 진정했다. 어젯밤에 왔던 그 사내로군. 그러니 괜찮겠지 뭐. 마치 그렇게 생각이라도 한 것 같았다.

그는 잠시 멈춰 서서 잭에게 이야기를 했다.

프란체스카가 뒷문에서 나왔다.

"샤워하시겠어요?"

"그러면 좋겠지요. 어디서 할지 가르쳐 주십시오."

그녀는 그를 데리고 위층 목욕탕으로 올라갔다. 아이들이 크자 그녀가 리처드를 졸라 새로 만든 목욕탕이었다. 그것은 그녀가 고집했던 몇 가지 안 되는 주문 가운데 하나였다. 프란체스카는 저녁이면 욕조에 뜨거운 물을 채우고, 오랫동안 목욕하기를 좋아했다. 십대 아이들이 그녀의 사적인 공간을 쿵쾅거리며 다니는 것을 허용하고 싶지 않아서였다. 리처드는 그녀가 쓰는 여성 전용의 물건들이 걸리적거린다고 말하면서 다른 목욕탕을 사용했다.

그 목욕탕은 침실을 통해서만 들어갈 수 있었다. 프란체스카는 목욕탕 문을 열고 세면대 아래 장에서 수건과 목욕 수건을 꺼냈다.

"뭐든 마음대로 쓰세요."

그녀는 아랫입술을 지긋이 깨물며 미소 지었다.

"남는 게 있으시면 샴푸도 빌리고 싶은데요. 제 것은 모텔에 있어서요."

"그러세요. 골라 보세요."

그녀는 조금씩 쓴 샴푸 세 병을 거울 밑의 받침대 위에 놓았다.

"감사합니다."

그는 새 옷을 침대에 던졌다. 카키색 바지와 흰 셔츠, 샌들이 프란체스카의 눈에 들어왔다. 이곳 남자들은 샌들을 신지 않았다. 시내에 사는 몇몇은 골프 코스를 돌 때면 반바지 차림을 했지만, 농부들은 그렇지 않았다. 그러니 샌들은…… 전혀.

아까 그의 전화를 받은 후, 프란체스카는 40마일을 달려 디모인에 가서 술 판매상에 들렀다. 이런 일에는 별로 경험이 없어서 그녀는 점원에게 좋은 와인에 대해 물었다. 점원 역시 그녀보다 아는 바가 없었다. 그래서 술을 구경하다가 마침내 '발폴리첼라'라고 적힌 상표를 발견하게 되었다. 오래전에 그것을 마셨던 기억이 났다. 톡 쏘는 이탈리아산 붉은 포도주였다. 그녀는 발폴리첼라 두 병과 마개 있는 유리병에 든 브랜디를 한 병 사면서, 관능적이고 속된 기분을 느꼈다.

다음에는 시내의 옷 가게에 가서 원피스를 구경하다가, 밝은 핑크색에 가는 끈이 달린 원피스를 찾아냈다. 등이 많이 파이고, 앞도 똑같이 파여서 가슴 윗부분이 드러나는 모양이었다. 또 허리 부분에는 얇은 띠를 두르게 되어 있었다. 그녀는 흰 샌들도 샀다. 굽이 납작하고, 손으로 만든 끈이 달린 샌들이었다. 값이 비쌌다.

오후에 그녀는 고추 속을 파내고 그 안에 토마토소스와 현미, 치즈, 다진 파슬리를 채웠다. 그리고 간단한 시금치 샐러드와 옥수수빵을 만들었다. 디저트로는 사과소스 수플레를 준비했다. 수플레를 제외한 모든 음식은 냉장고에 넣었다. 그리고 서둘러 원피스 단을 무릎 길이로 줄였다. 디모인 신문에 올여름에는 무릎 길이가 유행일 거라는 기사가 났었다. 프란체스카는 언제나 패션이니 하는 것이 정말로 웃기는 얘기라고, 유럽 디자이너들의 견해에 따라 바보처럼 행동하는 사람들이 우습다고 생각했었다. 하지만 무릎 길이가 그녀에게 어울릴 것 같았고, 그래서 단을 그 길이로 줄였다.

와인이 문제였다. 이탈리아에서는 절대로 그러는 법이 없지만, 이곳 사람들은 와인을 냉장고에 보관했다. 어쨌든 날씨가 너무 무더워서 싱크대에 놔둘 수가 없었다. 바로 그때 저장고가 생각났다. 여름에도 그곳은 섭씨 15도 정도밖에 되지 않았으므로 와인을 벽 쪽에 세워 두었다.

아래층으로 내려온 그녀에게 샤워하는 물줄기 소리가 파고들었다. 그는 지금 벌거벗고 있겠지. 그 생각만으로도 그녀는 자신의 하복부에 야릇한 충동을 느꼈다.

위층에서 샤워하는 소리가 끊긴 찰나, 전화벨이 울렸다. 일리노이에서 리처드가 건 전화였다.

"별일 없소? 캐롤린의 소는 수요일에 심사받을 거요. 다음 날 구경하고 싶은 것들이 있으니까 집에는 금요일 늦게나 도착할 거요."

"알았어요. 재미있게 지내고 조심해서 운전해요."

"여보, 정말로 괜찮은 거요? 목소리가 약간 이상하게 들리는데."

"아니에요, 괜찮아요. 그냥 더워서 그래요."

"그래. 잭에게 내 대신 안부 전해 줘."

"네, 그러지요."

프란체스카는 뒷문 시멘트 바닥에 엎드려 있는 잭을 힐끗 바라보았다.

로버트 킨케이드는 계단을 내려와 부엌으로 왔다. 흰 칼라 셔츠를 팔꿈치까지 걷어 올려 입고, 옅은 카키색 바지에 갈색 샌들, 은팔찌 차림이었다. 셔츠 단추를 두 개나 풀고 목에는 은목걸이를 하고 있었다. 가운데 가르마를 탄 젖은 머리카락은 말끔하게 빗질되어 있었다. 그리고 그녀는 그 샌들을 보고는 감탄했다.

"먼지투성이 옷가지를 트럭에 넣고, 카메라를 가져와서 닦아야겠어요."

"그러세요. 저는 목욕을 할 테니까요."

"목욕하면서 맥주 한 병 할래요?"

"남는 게 있다면요."

그는 먼저 아이스박스를 가져와서 맥주 한 병을 꺼내 마개를 열었다. 그사이 프란체스카는 맥주를 마시기에 적당한 큰 컵 두 개를 찾아 왔다. 그가 카메라를 가지고 오자 그녀는 맥주를 들고 위층으로 올라갔다. 목욕탕에 들어가 보니 그가 욕조 청소를 해 놓은 것을 알 수 있었다. 그녀는 따뜻한 물을 가득 채우고, 목욕탕 바닥에 맥주잔을 놓고, 다리 면도를 하고 비누칠을 했다. 그가 몇 분 전에 여기 있었고, 그녀는 물이 그의 몸을 흘러내렸던 바로 그 자리에 누워 있었다. 몹시 에로틱하다는 느낌이 들었다. 로버트 킨케이드에 관련된 거의 모든 것이, 그녀에게는 에로틱하게 느껴지기 시작했다.

목욕을 하면서 차가운 맥주 한 잔을 마시는 그런 단순한 일이 굉장히 우아하게 느껴졌다. 왜 그녀와 리처드는 이렇게 살지 못할까? 부분적으로는, 오랫동안 지속된 습관의 관성 때문일 것이다. 그것을 그녀는 알고 있었다. 모든 결혼이, 모든 관계가, 그렇게 될 여지가 많았다. 습관은 미리 예측할 수 있게 해 주고, 미리 예측할 수 있는 것은 나름대로의 편안함을 가져다주니까. 프란체스카 역시 그것을 알고 있었다.

그리고 농사 때문이기도 했다. 끊임없이 관심을 쏟지 않으면 안 되는 병자 같은 것이 농사일이니까. 꾸준히 농사 장비를 바꾼 덕에 과거보다는 노동이 덜 요구되기는 하지만.

그러나 여기에는 그 이상의 뭔가가 있었다. 미리 이렇게 될 거라고 예측하는 것과 변화에 대한 두려움은 다른 문제다. 그리고 리처드는 그들의 결혼 생활에 어떤 식으로든 변화가 오는 것을 두려워했다. 변화를 가져오는 것이라면, 어떤 것도 이야기하고 싶어 하지 않았다. 섹스에 대해서는 더더욱 그랬다. 에로티시즘은 위험한 것이었고, 그의 사고방식으로는 못마땅한 것이었다.

하지만 그런 사람이 비단 리처드만은 아니었다. 특별히 리처드를 비난할 이유는 없었다. 무엇이 예전에는 이곳에 넘쳐 났던 자유에 빗장을 질렀을까? 그들의 농장이 문제가 아니었다. 그들의 시골 문화가 문제였다. 어쩌면 도회지 문화가 시골 문화에까지 전염시킨 문제인지도 모른다. 왜 담과 울타리를 쳐서, 자연스런 남녀 관계를 막을까? 왜 에로티시즘이 없는 상태로 살아갈까?

여성 잡지에서는 이런 문제에 대해 이야기한다. 그리고 여자들은 침실에서 일어나는 일뿐만 아니라 전체 인생에서 차지하는 자기들의 위치에 새로운 기대를 하기 시작했다. 리처드 같은 남자들은 ── 대부분의 남자가 그렇다는 게 프란체스카의 생각이었다. ── 이런 기대에 위협당하고 있었다. 여자들은 남자들에게 시인이 되라고 요구하면서, 또 동시에 열정적인 애인이 되도록 몰아가고 있었다.

여자들은 거기서 모순을 찾지 못했다. 하지만 남자들은 그런 요구가 모순이라고 여겼다. 체육관 탈의실과 남자들만의 파티, 당구장 등 남자들만의 공간은 남성의 성격을 특징지었고, 거기에는 시나 다른 섬세한 것들이 들어설 자리가 없었다.

그러니 에로티시즘이 섬세한 문제이고, 프란체스카가 인식하는 것처럼 예술적인 형태를 지닌 것이라면, 그것은 남자들의 생활에 파고들 여지가 없는 것이었다. 그래서 남자들끼리만 있을 수 있는 산만하고 편리한 문화가 계속되었고, 그사이 여자들은 한숨을 내쉬며 매디슨 카운티의 수 많은 밤들을 벽 쪽으로 얼굴을 돌리고 보냈다.

이런 점을 미묘하게나마 이해하는 로버트 킨케이드의 마음속에는, 무엇인가 다른 점이 있었다. 그녀는 그것을 확신했다.

침실로 나와서, 몸을 닦다가 열 시가 조금 넘었음을 알았다. 아직 더운 날씨였지만 목욕을 하니 시원했다. 프란체스카는 옷장에서 새 드레스를 꺼냈다.

그녀는 검고 긴 머리를 뒤로 넘겨서 은핀으로 묶고 길게 늘어지는 은귀고리와 헐렁한 은팔찌를 했다. 역시 그날 아침 디모인에서 산 장신구였다.

오늘도 '바람의 노래' 향수를 뿌렸다. 그리고 광대뼈가 튀어나온 라틴계 얼굴에 원피스보다 약간 흐린 핑크 색조의 립스틱을 발랐다. 바깥에서 몸통이 드러나는 상의를 입고 일을 하는 때가 많아서 몸이 전체적으로 까무잡잡했다. 치마 아래로 늘씬한 다리가 보기 좋았다.

프란체스카는 이쪽저쪽으로 돌면서 화장대 거울을 바라보았다. 그러고는 마음이 흡족해져서 약간 큰 소리로 중얼거렸다.

"아주 괜찮은데."

그녀가 부엌에 들어갔을 때, 로버트 킨케이드는 맥주를 두 잔째 마시고 있었다. 그가 고개를 들어 그녀를 바라보았다.

"세상에."

그가 나직이 감탄의 소리를 냈다. 그 모든 감정이, 찾고 생각했던 그 모든 것이, 평생 느끼고 찾고 생각했던 모든 것이, 그 순간 거기 다 모여 있었다. 그리고 그는 프란체스카 존슨에게 사랑을 느꼈다. 오래전에는 나폴리에 살았고, 이제는 아이오와주 매디슨 카운티에 사는 농부의 아내, 프란체스카 존슨에게.

"내 말은……."

그의 목소리가 약간 떨렸다. 약간 거칠기도 했다.

"조금 무례가 되겠지만, 놀라운 모습이십니다. 정말로 대단히 매력적인 모습이에요. 진심입니다. 이 세상에서 가장 순수한 의미에서, 당신은 말할 수 없을 정도로 우아해요, 프란체스카."

그의 감탄이 진심이라는 것을 그녀는 알 수 있었다. 그녀는 그 감탄을 받아들였고, 거기에 휩싸였으며, 그것이 온몸에, 온몸의 피부 구멍에 스며드는 것을 맛보았다. 그녀를 오래전에 버렸던 신이 어딘가에서 다시 나타나 부드러운 손길로 기름을 부어 주는 것 같았다.

그리고 바로 그 순간, 그녀는 로버트 킨케이드에게 사랑을 느꼈다. 워싱턴 벨링햄에 사는 사진작가이자 작가이며, 해리라는 털털이 픽업트럭을 모는 그에게.

다시 춤출 수 있는 여유

1965년 8월의 그 화요일 저녁, 로버트 킨케이드는 프란체스카 존슨을 뚫어져라 바라보았다. 그녀도 그를 마주 쳐다보았다. 3미터쯤 떨어진 거리에서, 그들은 서로 얽혀 들었다. 굳건하게, 친밀하게, 그리고 뭐라 설명할 수 없게.

전화벨이 울렸다. 프란체스카는 여전히 그에게서 눈을 떼지 않았다. 그녀는 첫 번째 벨소리에도 두 번째 벨소리에도 꼼짝하지 않았다. 두 번째 벨이 울리고 오랜 침묵 후, 세 번째 벨이 울리기 전, 킨케이드는 숨을 깊게 내쉬면서 카메라 가방을 내려다보았다. 그래서 그녀는 부엌을 가로질러 그의 의자 바로 뒤 벽에 걸린 전화 쪽으로 갈 수 있었다.

"존슨네 집입니다… 안녕, 마지. 응, 좋아요. 목요일 밤?"

그녀는 셈을 해 보았다. 그는 이곳에 일주일 동안 있을 거라고 말했다. 그가 온 것은 어제였고 오늘은 겨우 화요일이었다. 거짓말을 하기로 결정하는 것은 쉬웠다.

그녀는 현관으로 통하는 문 옆에 서서 왼손에 수화기를 들고 있었다. 킨케이드는 손이 뻗으면 닿을 곳에, 그녀에게 등을 돌리고 앉아 있었다. 프란체스카는 오른손을 뻗어 그의 어깨 위에 내려놓았다. 여자들이, 좋아하는 남자들에게 흔연스럽게 하는 것처럼. 겨우 24시간밖에 되지 않았는데, 그녀는 로버트 킨케이드를 좋아하게 된 것이다.

"어머, 마지. 그때는 일이 있는데. 디모인으로 쇼핑을 갈 예정이에요. 혼자 있으니 여러 가지 일을 처리할 좋은 기회잖아요. 알다시피, 리처드와 아이들이 집에 없잖아."

그녀의 손이 조용히 그에게 얹어졌다. 프란체스카는 그의 목덜미 근육이 어깨를 따라, 바로 칼라 부근까지 움직이는 것을 느낄 수 있었다. 그녀는 단정하게 가르마를 탄 그의 숱 많은 잿빛 머리칼을 내려다보고 있었다. 머리카락이 칼라 위에서 어떻게 찰랑거리는지 보았다. 마지가 계속 말을 늘어놓았다.

"그래요, 리처드가 방금 전화를 했어요······ 아니, 결정은 내일, 수요일이나 되어야 난대요. 리처드 말로는 집에 금요일 늦게나 온다던데요. 목요일에 보고 싶은 구경거리가 나나 봐요. 운전하기에 먼 길이죠, 특히 가축을 트럭에 싣고 오니까…… 아뇨, 풋볼 연습은 다음 주나 되어야 시작하나 봐요. 어 어, 일주일이죠. 어쨌든 마이클은 그렇게 말하던데요."

프란체스카는 셔츠를 통해 그의 몸이 얼마나 따스한지 느낄 수 있었다. 따스함이 손에 전해지더니 곧 팔 위로 올라갔고, 거기서 몸을 통해서 어디든 퍼지고 싶은 곳으로 퍼졌다. 별다른 노력을—사실, 별다른 통제도—하지 않았는데도. 그는 가만히 있었다. 마지가 의혹을 느낄 수 있는 소리를 내고 싶지 않았으므로.

"아, 그래요, 어떤 남자가 길을 물었어요."

짐작한 대로, 플로이드 클라크는 어제 집으로 가는 길에 존슨네 마당에서 초록색 픽업트럭을 보고, 집으로 가서 곧장 부인에게 말한 것이었다.

"사진작가라고요? 맙소사, 난 모르겠는데. 별로 관심을 기울이지 않았거든요. 그럴 수도 있겠죠."

이제, 거짓말이 술술 나왔다.

"로즈먼 다리를 찾더군요…… 맞아요. 낡은 다리의 사진을 찍는다고요? 별로 나쁜 짓도 아니군요. …히피라고요?"

프란체스카는 킬킬거리면서 킨케이드의 머리가 앞뒤로 천천히 움직이는 것을 보았다.

"글쎄, 히피가 어떻게 생겼는지 난 확실히 몰라서. 그 사람은 공손하던데. 일이 분 정도 머물다가 가 버렸어요…….이탈리아에 히피족이 있는지 모르겠어요, 마지. 8년 전에 가 보고 지금까지 못 가 봤으니까. 게다가, 아까 말한 대로 나는 히피를 본다고 해도 정말 히피족인지 구별하지 못할 테니까."

마지는 어디서 읽은 적이 있는 히피족의 자유 연애와 공동 생활체 이야기며 마약 이야기를 늘어놓았다.

"마지, 당신이 전화했을 때 막 목욕탕에 들어가려던 참이었어요. 물이 식기 전에 뛰어가 보는 게 좋겠어요…….좋아요, 곧 전화할게요. 안녕."

프란체스카는 그의 어깨에서 손을 치우기가 싫었지만, 이제는 그대로 있을 핑곗거리가 없었다. 그래서 싱크대로 가서 라디오를 켰다. 컨트리 음악이 나왔다. 그녀는 큰 소리가 났다가 다시 작은 소리가 날 때까지 다이얼을 조정했다.

"〈탠저린〉이군요."

킨케이드가 말했다.

"네?"

"노래 말이에요. 〈탠저린〉이라는 노래예요. 어느 아르헨티나 여자에 대한 노래죠."

다시 변죽만 울리는 이야기. 이야기하고, 또 이야기하고. 시간과 그 모든 느낌과 싸우면서도, 그는 마음속 어디선가 아이오와의 어느 부엌에 있는 두 사람 뒤로 문이 덜컥 하고 조용히 닫히는 소리를 들었다. 두 사람만을 남겨놓기 위해.

프란체스카가 그를 보며 살짝 미소 지었다.

"배고프세요? 언제든 저녁 식사를 하시도록 준비해 놓았는데요."

"아주 기분 좋고 긴 하루였어요. 식사하기 전에 맥주 한 잔 더 해도 괜찮을 것 같습니다. 저와 함께 한잔하시겠습니까?"

그는 시간을 벌면서 마음의 중심을 찾고자 했지만, 시간이 흐를수록 오히려 중심을 잃어버렸다.

그녀는 그러겠다고 했다. 킨케이드는 맥주 두 병을 따서 한 병은 그녀 쪽 식탁 위에 놓았다.

프란체스카는 자기 모습과 감정에 마음이 흡족했다. 여성스러움. 그녀가 느끼는 감정은 바로 그것이었다. 가뿐하고 따스하고 여성스러운 느낌. 그녀는 부엌 의자에 다리를 포개고 앉았다. 치맛자락이 올라가 오른쪽 무릎이 드러났다. 킨케이드는 냉장고에 몸을 기대고 서서, 오른손에 버드와이저를 들고 가슴에 팔짱을 끼고 있었다. 프란체스카는 그가 자신의 다리를 보고 있는 것이 좋았고, 그는 정말로 그녀의 다리를 내려다보고 있었다.

그는 그녀의 모든 것을 느꼈다. 그는 더 일찍 여기서 벗어날 수도 있었다. 그냥 걸어 나가면 되는 일이었다. 이성이 그를 질책했다. '그냥 놔둬, 킨케이드. 다시 길로 돌아가. 다리 사진을 찍고 인도로 가라고. 가는 길에 방콕에 들러서, 고대로부터 전수되어 온, 황홀경에 빠지는 비법을 가르쳐 줄 수 있는 비단 장수의 딸이나 만나라고. 새벽이면 그녀와 정글의 연못에서 벌거벗고 헤엄을 치고, 황혼이 무르익을 때면 그녀의 몸 안으로 들어가라고. 그래서 그녀가 내지르는 비명 소리나 들으라고. 이번 일은 그냥 내버려둬. ― 여기서 목소리는 거의 분노조였다. ― 이번 일은 도가 지나치다고!'

그때, 느린 탱고가 흘렀다. 어디서 연주되는지 알 수 없었지만, 그는 낡은 아코디언 소리를 들을 수 있었다. 뒤쪽에서 들리는지, 아니면 멀리 앞쪽에서 들려오는 소리인지 알 수가 없었다. 그러나 그 소리는 그를 향해 움직여 왔다.
그는 이성이 흐릿해졌고, 판단력이 마비되었다. 음악 소리
가 파고들자 프란체스카 존슨에게 말고는 갈 곳이 없어지
게 되었다.

"원하시면 춤을 출 수도 있는데요. 춤추기에 아주 좋은
음악이군요."

그는 진지하고, 예의 수줍은 태도로 말했다. 그러고 나
서는 재빨리 보호막을 쳤다.

"나는 별로 춤을 잘 추진 못하지만, 당신이 원하시면 부
엌 안에서라도 어떻게 움직여 볼 수 있을 것 같은데요."

잭이 현관문을 긁으며 들어오고 싶어 했다. 그러나 이
순간, 두 사람 다 방해꾼을 안으로 들이고 싶은 기분이 아
니었다.

프란체스카는 얼굴만 약간 붉힐 뿐이었다.

"좋아요. 하지만 저도 그렇게 잘 추는 솜씨는 아니에
요……. 이제는요. 이탈리아에 살던 때는 춤을 췄지만, 이제
는 12월 31일 밤에나 출까, 그 외에는 거의 안 추거든요."

킨케이드는 미소 지으며 조리대 위에 맥주를 내려놓았
다. 그녀가 일어섰고, 두 사람은 서로에게 다가섰다.

"시카고 WGN에서 보내 드리는 화요일 밤의 댄스파티

입니다. 전할 말씀을 들으신 후 다시 시작하겠습니다."

라디오에서 부드러운 바리톤 음성의 남자가 말했다.

그들은 웃음을 터뜨렸다. 라디오에서 광고가 흘러나왔다. 그것이 두 사람 사이에 현실감을 불러일으켰다. 두 사람 다 말을 하진 않았지만, 그것을 알고 있었다.

하지만 그는 이미 손을 뻗어, 왼손으로 그녀의 오른손을 잡고 있었다. 그는 조리대에 몸을 기대고, 오른쪽 발목이 왼쪽 발목 위에 겹치도록 하고 서 있었다. 프란체스카는 그의 옆쪽으로 싱크대에 몸을 기대고 서서, 식탁 근처의 창문을 내다보면서, 그의 가는 손가락이 와 닿는 감촉을 느꼈다. 바람 한 점 불지 않았고, 옥수수는 익어 가고 있었다.

"아, 잠깐만요."

그녀는 마지못해 손을 빼고, 오른쪽 찬장의 아래 서랍을 열었다. 거기서 흰색 초 두 개와 작은 황동 촛대 두 개를 꺼냈다. 그날 아침, 디모인에서 그녀가 사 온 물건들이었다. 그녀는 그것들을 식탁 위에 올려놓았다.

그가 다가와서, 초를 하나씩 기울여서 불을 붙였고, 그녀는 천장의 전등을 껐다. 이제 밖은 어두웠고, 작은 불꽃 두 개만 곧추서 있었다. 바람 없는 밤이라 촛불은 거의 흔들리지 않았다. 소박한 부엌이 이렇게 좋아 보인 적이 없었다.

음악이 다시 시작되었다. 운이 좋게도, 〈고엽〉을 느리게 편곡한 곡이 나왔다.

프란체스카는 어색한 기분이었다. 그 역시 마찬가지였다. 하지만 그는 그녀의 손을 잡고, 허리에 팔을 둘렀다. 동시에 그녀가 그에게 다가서자 어색함은 사라졌다. 그렇게 해서 쉽게 분위기가 만들어졌다. 킨케이드는 팔을 더 뻗어서 그녀의 허리를 감싸안고 몸을 더 가까이 밀착시켰다.

그녀는 그의 냄새를 맡을 수 있었다. 깔끔하고 따스한 비누 냄새. 조금은 원시적인 빛깔이 남아 있는, 문명화된 남자의 내음.

"향수 냄새가 좋은데요."

그는 그녀의 손을 잡아 그의 어깨 근처 가슴 위에 놓으면서 말했다.

"고마워요."

그들은 천천히 춤을 췄다. 어느 방향으로도 그다지 멀리 움직이지 않았다. 프란체스카는 다리에 휘감기는 그의 다리를 느낄 수 있었다. 이따금씩 배가 맞닿았다.

노래가 끝났지만, 그는 계속 그녀를 껴안은 채 방금 연주된 멜로디를 콧소리로 흥얼거렸다. 다음 곡이 시작될 때까지, 그들은 그대로 있었다. 킨케이드는 자연스레 그녀를 춤으로 이끌었다. 춤이 계속되는 동안 어디선가 매미가 울어 댔다. 9월이 오는 것을 불평하고 있는 것 같았다.

그녀는 얇은 면 셔츠 사이로 그의 어깨 근육을 느낄 수 있었다. 그의 존재가 성큼 다가서는 느낌. 그녀에게는 지금껏 이렇게도 가깝게 느껴 본 사람이 없었다. 그가 약간 몸을 숙여 뺨을 그녀의 뺨에 댔다.

두 사람이 함께 시간을 보내는 동안의 언제인가, 그는 자기가 마지막 카우보이 중 한 명이라고 말한 적이 있었다. 그들이 뒷마당 펌프 옆 잔디에 앉아 있을 때였다. 그녀는 그런 그의 말을 이해하지 못했지만, 묻지 않았다.

그는 말했었다.

"시대에 낙오될 수밖에 없는 그런 사람이 있습니다. 그럴 수밖에 없는 피를 몸에 지닌 사람 말이에요. 세상은 조직화되고 있어요. 지나치게 조직화되어서 나 같은 사람은 끼어들 여지가 없죠. 모든 것이 제자리에 있고, 모든 것이 한 자리씩을 차지하고 있죠. 저, 내가 갖고 있는 카메라 장비만 해도 굉장히 조직화되었다는 것은 인정하지만, 그 이상의 것에 대해 이야기하는 겁니다. 규칙이니 법률이니,

사회 관습 같은 것 말입니다. 정부의 권위, 통치력, 장기 계획, 예산이니 하는 것들. 우리가 '동료'라고 믿는 것의 협동심. 주름 잡힌 정장과 꼬리표가 달린 세계 말입니다.

모든 사람이 다 똑같을 수는 없어요. 어떤 사람은 다가오는 세계에서도 잘 적응하겠죠. 하지만 어떤 사람은, 우리 몇몇은 그렇지 못할 겁니다. 컴퓨터와 로봇이 활개치는 세상에서 말입니다. 옛날에는 우리가 할 수 있고, 우리가 하게 되어 있는 일이 있었죠. 누구도, 어떤 기계도, 할 수 없는 일이 있었어요. 우린 빨리 뛰었고, 강인하고 재빨랐고, 공격적이고 끈질겼습니다. 예전에는 용기가 있었죠. 우린 멀리멀리 창을 던질 수 있었고, 맨손으로 싸울 수도 있었어요.

틀림없이 컴퓨터와 로봇이 세상을 운영할 겁니다. 인간은 그런 기계를 통제하지만, 거기에는 용기나 힘 같은 것은 요구되지 않지요. 사실 인간은 이제 필요치 않아요. 필요한 것은 종족을 보존시킬 정자은행이고, 그런 세상이 지금 오고 있습니다. 여자들은 말하지요. 남자다운 남자를 이젠 찾아보기 어려워졌다고요. 그러니까 과학이 섹스의 자리를 대신 차지한다고 해도 별로 잃을 게 없죠.

우린 자유를 포기하고, 점점 조직화되어 가면서 우리

감정을 하찮게 여깁니다. 효능과 효율성, 지성적인 기교 같은 것만 강조하죠. 자유를 상실하면서 카우보이가 사라졌죠. 아메리카사자도, 얼룩이리도 함께 사라졌죠. 이젠 방랑자들이 설 자리가 거의 없어지고 말았습니다.

나는 마지막 카우보이 중 한 명이죠. 내가 하는 일은 어느 정도 자유롭습니다. 며칠 동안 보셔서 아셨겠지만요. 내가 마지막 카우보이라는 그 사실을 슬퍼하진 않습니다. 오히려 그렇게 되고 싶어 하죠. 하지만 어차피 이렇게 되었고, 우리가 자신을 파멸에서 구할 방법은 그것뿐이죠. 남성 호르몬이야말로, 궁극적으로 이 혹성에 문제를 일으키는 주범이라는 게 내 생각이에요. 다른 부족을 지배하려는 힘을 행사한 것이 남성이었다는 건 다른 문제예요. 또 미사일을 만든 것도 다른 문제고요. 하지만, 지금 우리가 저지르고 있듯이, 자연을 파괴시키는 힘을 가졌다는 것이 진짜 문제라고요. 레이첼 카슨이 옳아요. 존 뮤어와 알도 레오폴드도 옳았고요.

현대의 저주는, 장기간의 피해를 입을 수 있는 곳곳에서 남성 호르몬이 우위를 점하고 있다는 점이죠. 국가간의 전쟁이나 자연 파괴에 대해 이야기하지 않더라도, 우리를 서로 이간시키고, 우리가 주의를 기울여야 할 문제에서 멀어지게 하는 그런 공격력이 존재한다는 게 문제죠. 우리는 그런 남성 호르몬을 어떻게든 순화시켜야 해요. 그렇지 않으면 적어도 남성을 제어해야 합니다.

유치한 일은 집어치우고 성숙해져야 할 때가 되었어요. 쳇, 난 그런 것을 깨닫습니다. 인정하고요. 내가 완전히 시대에 뒤처져서 심각한 피해를 당하기 전에 좋은 사진을 만들고 싶다는 게 저의 소박한 바람입니다."

오랜 세월, 그녀는 그가 말한 것을 생각하며 살았다. 어쩌면 표면적으로는 맞는 말인 듯했다. 그러나 그의 여러 면이, 그가 한 말과 달랐다. 그는 대단히 공격적인 면을 지니고 있었지만 자제할 수 있는 것 같았다. 원하면 그런 감정의 방향을 돌릴 수도 있는 듯했다. 그런 점이 그녀를 혼란스럽게 하면서도 끌어당겼다. 믿을 수 없을 정도의 강인함. 하지만 자제할 수 있고, 따스함과 존귀함이 뒤섞인, 화살 같은 강인함.

그 화요일 밤, 의도하지 않았는데도, 그들은 부엌에서 춤을 추며 점점 가까워졌다. 프란체스카는 그의 가슴에 달라붙어 춤을 추면서, 원피스와 셔츠 사이로 그가 그녀의 가슴을 느낄 수 있을지 궁금했다. 아마도 그러리라는 확신이 들었다.

그는 굉장히 느낌이 좋은 사람이었다. 프란체스카는 이런 기분이 영원히 계속되기를 바랐다. 옛 노래가 더 나오고, 춤을 더 추고, 그의 몸이 그녀의 몸에 더 밀착되기를 바랐다. 그녀는 다시 여자가 되었다. 다시 춤출 여유가 생긴 것이다. 느릿느릿, 끈기 있게, 그녀는 집으로 돌아가고 있었다. 한 번도 가 본 적이 없는 고향으로 향하고 있었다.

더웠다. 습도가 올라갔고, 멀리 남서쪽 하늘에서는 천둥이 쳤다. 나방은 방충문에 달라붙어서 촛불을 바라보고 있었다.

킨케이드는 이제 그녀 안으로 떨어졌다. 그리고 그녀도 그의 안으로 떨어졌다. 프란체스카는 그의 뺨에서 뺨을 떼고, 검은 눈으로 그를 올려다보았다. 그러자 그는 그녀에게 키스했고, 그녀도 그에게 입맞춤했다. 부드럽고 오랜 키스가 강이 되어 흘러들었다.

그들은 춤을 핑계로 하는 것을 그만두었다. 프란체스카는 팔을 그의 목에 둘렀다. 그는 왼손으로는 그녀의 허리를 안고, 오른손으로는 그녀의 목덜미와 볼, 머리칼을 쓸어내렸다. 토마스 울프는 '옛 열정에 사로잡힌 유령'에 대해 말한 적이 있다. 그 유령이 프란체스카 존슨의 내부를 뒤흔들었다. 두 사람 다 마찬가지였다.

예순일곱 살 되는 생일, 프란체스카는 창가에 앉아서 빗줄기를 바라보며 추억에 잠겼다. 그녀는 브랜디를 부엌으로 가지고 와서, 두 사람이 서 있던 바로 그 자리를 물끄러미 바라보며 잠시 가만히 있었다. 마음속의 감정이 넘쳐흘렀다. 언제나 그랬다. 얼마나 강한 감정인지, 오랜 세월이 지났건만 감히 이렇게 자세히 추억하는 것은, 겨우 일 년에 한 번뿐이었다. 그렇게라도 하지 않았다면 짓눌리고 짓눌린 나머지 프란체스카라는 존재 자체가 산산이 부서져 버렸으리라.

추억을 절제하는 것, 그것은 생존의 문제였다. 지난 몇 년 동안은 추억의 조각들이 세세한 곳에 이르기까지 자주 밀려들긴 했지만. 이제 그녀는 문을 열었다. 그녀의 마음속으로 그를 들어오지 못하게 가로막았던 울타리를 치워 버렸다. 이미지는 분명하고, 현실적이고, 늘 현재 같았다. 그렇게 오래전 일인데도. 22년이나 거슬러 올라가는 일인데도. 추억 속의 이미지들은 이제 다시 그녀의 현실이 되었다. 그녀가 유일하게 느끼며 살고 싶어 하는 현실이었다.

프란체스카는 자신이 예순일곱 살이라는 것을 알았고 그런 사실을 받아들였지만, 로버트 킨케이드가 일흔네 살이라는 것은 상상할 수가 없었다. 생각할 수도, 상상할 수도, 상상하는 것을 상상할 수도 없었다. 그는 여기 바로 이 부엌에, 흰 셔츠를 입고 긴 잿빛 머리칼을 늘어뜨리고, 카키색 바지와 갈색 샌들 차림으로 은팔찌를 하고 은목걸이를 목에 걸고 그녀와 함께 있었다. 그는 그녀를 껴안고 여기 있었다.

프란체스카는 마침내 그의 품에서 벗어났다. 그들이 서 있던 자리에서 벗어나 그의 손을 잡고 위층 쪽으로 이끌었다. 계단을 올라가 캐롤린의 방을 지나고 마이클의 방을 지나 그녀의 침실로 들어가서, 침대 옆의 작은 독서등을 켰다.

이제, 그 오랜 세월이 흐른 지금, 프란체스카는 브랜디를 들고 천천히 계단을 올랐다. 오른손으로 난간을 잡고 오르자니, 그와 함께 계단을 올라 복도를 걸어 침실로 들어가던 추억이 되살아났다.

그녀의 마음속에 새겨진 이미지가 너무나 또렷해서, 그가 사진으로 찍어 놓은 것 같았다. 그녀는, 두 사람이 알몸으로 침대에 들어가는 꿈 같은 장면을 떠올렸다. 그녀의 몸 위에서 그가 어떻게 껴안았는지, 그녀의 배를 지나 가슴 위로 그의 가슴이 어떻게 움직였는지 생각했다. 낡은 동물도감에서 구애 의식을 벌이는 동물처럼, 그가 이 동작

을 어떻게 반복했는지. 킨케이드는 그녀의 몸 위에서 입술
과 귀에 키스를 하고, 혀로 그녀의 목덜미를 핥았다. 날렵
한 표범이 초원 지대의 길게 자란 풀 위에서 그녀의 몸을
핥는 것 같았다.

그는 동물이었다. 우아하고, 강한 수컷이었다. 겉으로
는 그녀를 지배하기 위해 아무것도 하지 않았지만, 그녀를
완전히, 그 순간 그녀가 그랬으면 하고 원하는 방식으로
지배했다.

그러나, 그가 지치지도 않고 오랫동안 사랑의 행위를
할 수 있었다는 것이 사실이긴 해도, 그것은 육체적인 차
원의 이야기가 아니었다. 그를 사랑하는 것은 영혼의 차원
에 속하는 문제였다. 20년도 넘게 그런 문제에 관심을 기
울이며 살다 보니, 그녀에게는 사랑이란 말이 진부하게 들
리긴 했지만.

사랑의 행위 중간에 프란체스카는 그에게 속삭였다.

"로버트, 당신은 너무 강해서 겁이 나요."

그는 육체적으로 강인했지만, 그 힘을 조심스럽게 썼다.
그에게는 육체의 힘이 넘친다고 표현하기에는 왠지 부적
절한, 그 이상의 무엇이 있었다.

섹스는 다른 문제였다. 예전에 프란체스카는 그의 신비

스런 힘을 중요하게 여기지는 않았지만, 그를 만난 이후에는 뭔가 즐거움이, 늘 똑같은 일이 되풀이되는 일상을 깨는 무엇인가가 있을 거라는 기대를 갖게 되었다.

그녀는 그가 자신의 모든 면을 소유한 것 같아서 두려워졌다. 처음에 그녀는 로버트 킨케이드와 무슨 일을 하든, 가족과 매디슨 카운티의 생활에 얽힌 자기의 일부분이, 그대로 남아 있을 수 있으리라는 것을 의심하지 않았다.

하지만 그가 그것을, 모두를, 가져가 버렸다. 프란체스카는 그가 트럭에서 내려 길을 물었을 때, 그것을 알았어야 했다. 그때 그녀는 그가 마법사 같다고 생각했다. 그녀의 처음 판단이 옳았다.

그들은 한 시간 동안, 어쩌면 그보다 더 오래, 사랑을 나누곤 했다. 행위가 끝나면 그는 천천히 몸을 돌려, 그녀를 바라보면서 담배에 불을 붙였다. 그녀에게도 한 대 내밀고. 그녀 곁에 누워서 한 손으로 그녀의 몸을 쓰다듬는 때도 있었다. 그러다가 그녀의 몸속에 다시 들어가곤 했다. 귓가에 부드러운 말을 속삭이고, 말을 하는 사이사이 키스를 퍼부으며, 허리에 팔을 감고, 그녀를 끌어당기고, 그리고 그녀 안으로 몸을 넣곤 했다.

그러면 그녀는 숨을 몰아쉬면서 그에게 이끌려, 그가 사는 곳으로 갔다. 그는 유령이 나타날 것 같은 이상한 곳에, 다윈의 진화 줄기를 따라 멀리 거슬러 올라간 곳에 살고 있었다.

킨케이드의 목에 얼굴을 묻고, 그의 살에 살을 대고, 프란체스카는 강과 숲의 연기 냄새를 맡을 수 있었다. 멀고 먼 옛날, 겨울밤의 기차역에 선 듯, 증기 기관차가 움직이는 소리를 들을 수 있었다. 검은 옷을 입은 여행자들이 언 강 위를 조심스레 걷는 모습과 여름의 초원을 지나 목적지를 향해 가는 모습을 볼 수 있었다. 표범이 그녀의 몸 위를 몇 번이고 계속해서 훑고 지나갔다. 초원의 바람처럼. 그의 몸 아래에서, 그녀는 성전에 바쳐진 제물이 되었다. 이제 바람이 불어와 불길을 일으킬 것이고, 그 불길은 모든 것을 망각으로 빠뜨릴 것이다. 달콤한 망각 속으로.

그녀는 숨도 쉬지 못하고 낮은 소리로 중얼거렸다.

"오, 로버트… 로버트…… 나는 내 자신을 잃고 있어요."

오래전부터 오르가슴을 느끼지 못한 그녀는, 이제 반은 사람이고 반은 다른 생물인 이 남자에게서, 오르가슴을 느꼈다. 그녀는 그가 이상했다. 어떻게 그토록 참을 수가 있는지, 신비스러웠다. 그리고 그는 그녀에게 말했다. 그는 육체적으로뿐만 아니라 마음속으로도 그런 절정에 다다를 수가 있다고. 마음속으로 느끼는 오르가슴은 그들 종족만의 독특한 특색이라고 했다.

프란체스카는 그가 무슨 말을 하는지 알지 못했다. 그녀가 아는 것은, 그가 일종의 사슬을 꺼내서 두 사람을 꽁꽁 묶었다는 것, 너무나 꽁꽁 묶어서 스스로 요동치지 않았다면 숨이 막혔을 거라는 것뿐이었다.

밤이 계속되었고, 빙빙 돌아가는 춤이 멈추지 않았다. 로버트 킨케이드는 모든 것을 빙글빙글 돌아가게 하는 장본인이었다. 그는 모양과 소리와 그림자를 자유자재로 다루는 마법사였다. 옛날 오솔길로 그녀를 안내하여 여름 햇살에 녹아드는 이슬을 보여 주었고, 태양과 가을 잎새가 어떻게 절묘한 풍경을 만들어 내는지를 보여 주었다.

그리고 그는 그녀에게 속삭이는 자신의 목소리를 들었다. 마치 자기가 아니라 다른 사람의 목소리가 그 말을 하는 것 같았다. 릴케의 시 구절이 나왔다.

"고대의 탑 주변을…… 나는 천 년 동안 돌고 있네."

나바호 인디언의 태양 숭배에 관한 구절도 있었다. 그는 그녀가 영감을 불러일으키는 장면에 대해서 이야기했다. 바람에 흩날리는 모래와 자홍색 바람, 아프리카 해안을 따라 북쪽으로 이동하는 돌고래의 등에 탄 갈색 펠리컨들.

그녀가 그를 향해 몸을 활처럼 휘고 다가갔을 때였다. 소리, 작고 알아들을 수 없는 소리가, 그녀의 입에서 흘러나왔다. 그러나 그것은 그가 완전히 이해하는 언어였다. 그의 몸 아래 있는 이 여자 안에서, 그가 배를 맞대고 깊이 들어가 있는 그녀 안에서, 로버트 킨케이드의 오랜 방황은 끝을 맺었다.

그리고 마침내, 그는 알았다. 지금까지 그가 걸었던 인적 드문 해안의 작은 발자국들의 의미를. 한 번도 항해를 떠나 본 적이 없는 배에 실린 비밀스런 화물의 의미를. 황혼 녘 도시의 구불구불한 길을 지나는 그를 커튼 뒤의 창문을 통해 바라보는 눈동자들의 의미를. 그는 먼 여행을 떠났다가 이제는 집에 돌아와 난로 앞에서 불꽃을 바라보며 외로움을 녹이는 사냥꾼이었다. 마침내. 드디어. 그는 여기까지 온 것이다…… 이렇게 멀리까지. 그는 그녀 위에 누워서 그녀를 향한 사랑을 결정지었다. 완벽하게. 변할 수 없게. 마침내.

아침이 밝을 무렵, 그는 몸을 약간 일으키고, 그녀의 눈을 마주 보며 말했다.

"내가 지금 이 혹성에 살고 있는 이유가 뭔 줄 아시오, 프란체스카? 여행하기 위해서도, 사진을 찍기 위해서도 아니오. 당신을 사랑하기 위해서 이 혹성에서 살고 있는 거요. 이제 그걸 알았소. 나는 머나먼 시간 동안, 어딘가 높고 위대한 곳에서부터 이곳으로 떨어져 왔소. 내가 이 생을 산 것보다도 훨씬 더 오랜 기간 동안. 그리하여 그 많은 세월을 거쳐 마침내 당신을 만나게 된 거요."

그들이 아래층에 내려왔을 때, 아직도 라디오가 켜져 있었다. 새벽이 밝아 왔지만, 태양은 얇은 구름막에 가려 있었다.

"프란체스카, 부탁하고 싶은 게 있소."

그는 커피를 만드느라 부산을 떠는 그녀에게 미소 지었다.

"뭔데요?"

프란체스카가 그를 보았다. 오, 하느님, 저는 그를 너무나 사랑합니다. 변함없이. 그를 더 많이 원하는 내 마음을 멈출 수가 없습니다. 그녀는 속으로 생각했다.

"어젯밤에 입었던 청바지와 티셔츠를 입어요. 그 샌들도 신고. 딱 그것만 걸쳐요. 오늘 아침, 당신이 어떤 모습인지 사진을 찍고 싶소. 우리 두 사람만을 위한 사진을."

그녀는 위층으로 올라갔다. 밤새 그의 품에 안겨 있느라 다리가 후들거렸다. 그녀는 옷을 입고 그와 함께 초원으로 나갔다. 거기서 그는 해마다 그녀가 보곤 했던 그 사진을 찍었다.

길, 혹은 떠도는 영혼

로버트 킨케이드는 다음 며칠간 촬영을 포기했다. 프란체스카 존슨은 꼭 필요한 일이 아니면 농장일을 하지 않았다. 그들 두 사람은 내내 함께 지내면서, 이야기를 나누거나 사랑을 나누었다. 그녀가 부탁하자 그는 두 차례 기타를 연주하며 꽤 괜찮은 목소리로 그녀를 위해 노래를 불러 주었다. 조금은 불편한 음성으로 그녀가 그의 첫 번째 청중이라고 말하면서. 그렇게 말하자, 프란체스카는 미소 지으며 그에게 키스했다. 그러고는 감정에 빠져서 그가 부르는 〈고래잡이 배〉와 〈사막에 부는 바람〉이라는 노래에 귀 기울였다.

프란체스카는 해리를 타고 그와 함께 디모인 공항으로 갔다. 그는 거기서 필름을 뉴욕으로 부쳤다. 그는 가능할 때는 언제나 처음 찍은 필름 몇 통을 미리 보냈다. 그렇게

함으로써, 편집자들은 그가 하고 있는 작업을 점검할 수 있었고, 사진 기술자들은 그의 카메라 셔터가 제대로 작동하고 있는지 확인할 수 있었다.

그런 다음 그는 점심 식사를 하기 위해 그녀를 근사한 식당으로 데려갔다. 그리고 테이블 위로 그녀의 양손을 꼭 잡고, 강렬한 눈빛으로 그녀를 바라보았다. 웨이터는 그들의 모습을 보고 미소 지었다. 자신도 언젠가는 그런 감정을 느끼게 되길 바라면서.

그녀는 로버트 킨케이드의 인생에 대한 감각에 감탄했다. 인생이란 어차피 종착역을 향한 기약할 길 없는 행진이라는 것을, 그는 마음 깊숙이에서 받아들이고 있었다. 카우보이란 별종 또한 조만간 사라져야 할 존재들이었다. 이제 그녀는, 그가 진화라는 가지의 종착역에 서 있다고 했던 그 말이 무슨 의미인지 이해하기 시작했다. 한번은 그가 '최후의 일'이라는 것에 대해 속삭인 적이 있었다.

"'다시는 오지 않는 것. 결코, 결코, 결단코 다시 오지 않는 것'이라고 사막의 성자는 외쳤어요."

그는 다가올 미래에 대한 것은 아무것도 보지 않았다. 그는 말하자면, 시대에 뒤처진 인물이었다.

목요일 오후, 그들은 사랑을 나눈 후 이야기를 했다. 두 사람 다 이런 대화를 나누어야 한다는 것을 알고 있었다. 지금까지는 둘 다 피해 온 화제였다.

"이제 어떻게 되는 거지?"

그가 물었다.

프란체스카는 아무 말도 하지 않았다. 가슴이 찢어지는 듯한 침묵이었다. 그러다가 그녀가 나직이 말했다.

"나도 모르겠어요."

"저, 당신이 원한다면, 나는 여기 머물겠소. 시내라도 괜찮고, 어디라도 상관없소. 당신 가족이 집에 오면, 내가 당신 남편에게 어떻게 된 사정인지 이야기하리다. 쉽지는 않을 테지만, 내가 제대로 해낼 수 있을 거요."

그녀는 고개를 저었다.

"리처드는 이런 일에는 타협하지 않을 거예요. 그는 이해할 수 없을 거예요. 마법이나 열정, 우리가 이야기하고 경험한 그런 것들에 대해서 전혀 이해하지 못해요. 또 앞으로도 이해하지 못할 사람이에요. 굳이 그를 열등한 사람으로 만들 필요는 없어요. 그가 느끼거나 생각해 온 것들과 너무 동떨어진 부분이니까요. 그는 그런 화제를 다룰 재주가 없어요."

"그럼 흘러가는 대로 내버려두잔 말이오?"

그는 심각하게 말했다. 웃음기라고는 찾아볼 수 없었다.

"나도 모르겠어요. 로버트, 당신은 신비스러운 방법으로 나를 소유했어요. 누구에게 소유되기를 원하지도 않았고, 그럴 필요도 없었지만, 그리고 당신 또한 그럴 의도가 없었다는 것을 알지만, 일이 이렇게 되어 버렸어요. 이제 나는 여기 풀밭 위에, 당신 곁에 앉아 있는 게 아니에요. 나는 기꺼이 당신 안에 포로로 사로잡혀 있는 거예요."

그가 대답했다.

"당신이 내 안에 있는지, 또는 내가 당신 안에 있는지, 내가 당신을 과연 소유했는지, 확신하지 못하겠어. 적어도 난 당신을 소유하고 싶지는 않아요. 우리 둘은 우리가 '우리'라고 새로 만들어 낸 다른 존재의 안에 있다고 생각해요. 물론 우리는 그 존재 안에 있는 것도 아니지. 우리가 바로 그 존재니까. 우리 둘 다 스스로를 잃고 다른 존재를, 우리 두 사람이 서로 얽혀 들어 하나로만 존재하는 그 무엇인가를 창조해 낸 거요. 맙소사, 우린 사랑에 빠졌소. 더 이상 어찌할 수 없이 가장 깊고, 가장 심오하게.

나와 함께 여행해요, 프란체스카. 그건 문제가 안 돼. 우린 사막의 모래 위에서 사랑을 나누고, 몸바사의 발코니에서 브랜디를 마시는 거요. 아라비아의 범선이 돛을 달고 아침의 첫 바람을 타고 들어오는 광경을 보게 될 거요. 나는 당신에게 사자의 나라와 벵골만에 있는 옛 프랑스 도시를 보여 줄 거요. 그곳에는 멋진 옥상 레스토랑이 있소. 산길을 오르는 기차도 타고, 높은 피레네산맥에서 바스크족이 운영하는 작은 여인숙에도 들릅시다. 호랑이 원산지인 남인도에는 커다란 호수 한가운데에 섬이 있소. 그 섬에는 아주 특별한 장소가 있지. 당신이 길 따라 바람 따라 떠도는 여행을 싫어한다면, 어딘가에 개업을 하겠소. 그 지방의 풍물 사진을 찍거나 인물 사진을 찍거나 무슨 일이든 해서 우리가 생활할 수 있도록 하겠소."

"로버트, 우리가 어젯밤 사랑을 나눌 때 당신이 한 말을 나는 아직도 기억하고 있어요. 내가 당신의 힘에 대해 속삭였죠. 맙소사, 당신은 정말이지 대단한 힘의 소유자예요. 당신이 말했죠. '나는 고속도로고, 방랑자고, 또 바다로 나갔던 모든 돛단배야.'라고. 당신이 옳았어요. 당신이 느끼는 건 바로 그거예요. 당신 안에는 길이 있어요. 아니, 그 이상이죠. 뭐라고 설명할 수가 없지만, 당신은 어쨌든 길 자체예요. 환상과 현실이 만나면서 미처 이어지지 못한 틈, 바로 당신은 거기에 있어요. 거기 길 위에. 그 길은 바로 당신 자신이에요.

당신은 낡은 배낭이고, 해리라는 이름의 트럭이고, 아시아까지 날아가는 제트 여객기예요. 내가 당신에게 바라는 것이 바로 그것이고요. 당신 말처럼, 당신의 진화 가지가 막다른 골목에 이르렀다면, 나는 당신이 빠른 속도로 그 골목을 치고 나가길 바라요. 당신이 나를 데리고서도 그렇게 할 수 있다고 확신할 수가 없어요. 모르겠어요? 나는 당신을 너무나 사랑하기 때문에, 잠시라도 당신을 구속하는 것은 생각할 수도 없어요. 그렇게 하는 것은, 당신이라는 멋진 야생동물을 죽이는 것이나 다름없어요. 그러면 그 힘도 함께 죽어 갈 거고요."

킨케이드가 입을 열었지만 프란체스카가 말을 막았다.

"로버트, 난 완전히 끝난 것은 아니에요. 만일 당신이 나를 품에 안고 당신의 트럭으로 데려가서 꼭 당신과 함께 가야 한다고 고집한다면, 나는 불평 한 마디 늘어놓지 않을 거예요. 당신 말 한 마디에 그렇게 될 수도 있어요. 하지만 당신은 그러지 않을 거라고 생각해요. 당신은 그러기에는 너무나 감각적이고, 내 감정을 너무나 잘 아니까요. 그리고 나는 이곳에서 책임감을 느끼고 있어요.

그래요, 이렇게 사는 것은 지겨워요. 내 인생 말이에요. 낭만도, 에로티시즘도, 촛불 밝힌 부엌에서 춤을 추는 것도, 여자를 사랑하는 방법을 아는 남자의 멋진 감정도 여기에는 존재하지 않아요. 무엇보다도 이 생활에는 당신이 없으니까요. 하지만 내게는 지독한 책임감이 있어요. 리처드에게, 아이들에게. 내가 그냥 떠나 버리면, 내 육체적인 존재가 사라지는 것만으로도 리처드에겐 너무나 힘들 거예요. 그것만으로도 그를 파멸시킬지도 몰라요.

그보다도 더 나쁜 것은, 그가 여생을 이곳 사람들의 속닥거림 속에서 살아가야만 할 거라는 점이에요. '저 사람은 리처드 존슨이야. 부인은 화끈한 이탈리아 여자였는데, 글쎄 몇 년 전에 장발의 사진사랑 줄행랑을 놓았지.' 리처드는 그 고통을 겪어 내야 할 것이고, 아이들은 이 고장에 사는 한은 윈터셋 사람들의 조소를 들어야 할 거예요. 그들 역시 고통을 겪겠죠. 그리고 나를 미워할 거예요.

나도 당신을 원하고, 당신과 함께 있고 싶고, 당신의 일부분이 되고 싶어요. 하지만, 책임감이라는 현실로부터 내 자신을 찢어 내 버릴 수가 없어요. 아까도 말했듯이, 당신이 육체적으로나 정신적으로 함께 가야 한다고 고집한다면, 나도 도리가 없어요. 내겐 힘도 없어요. 느낌이란 느낌은 다 당신에게 주어 버렸으니까. 당신을 구속하지 않겠다고 말했지만, 내가 간다면 그건, 이기적으로 당신을 원하기 때문이에요.

하지만 제발 나를 그렇게 만들지 말아요. 내가 책임감을 내던져 버리게 하지 말아요. 그럴 수도 없고, 그런 생각을 지니고 살 수도 없어요. 만일 내가 지금 떠난다면, 떠난다는 그 생각만으로도, 이미 예전의 내가 아니에요. 당신이 사랑하게 되었던 그 여자가 아닌 다른 사람으로 변해 버릴 거예요."

로버트 킨케이드는 침묵했다. 그는 그녀를 이해할 수 있었다. 길과 책임감과 죄의식이 그녀를 어떻게 변하게 할 것인가에 대한 그녀의 말을 이해했다. 어떤 면으로는 그녀가 옳다는 것을, 그는 너무도 잘 알고 있었다. 그는 창밖을 내다보면서 자신과 싸웠다. 그녀의 감정을 이해하기 위해 싸웠다. 프란체스카가 울기 시작했다.

그러고 나서 그들은 오랫동안 서로 껴안았다. 킨케이드가 그녀에게 속삭였다.

"할 이야기가 있소, 한 가지만. 다시는 말하지 않을 거요, 누구에게도. 그리고 당신이 기억해 줬으면 좋겠소. 애매함으로 둘러싸인 이 우주에서, 이런 확실한 감정은 단 한 번만 오는 거요. 몇 번을 다시 살더라도, 다시는 오지 않을 거요."

그들은 그날 밤 다시 사랑을 나누었다. 목요일 밤 해가 뜰 때까지, 함께 누워서 서로 쓰다듬고 속삭였다. 그런 후,

프란체스카는 설핏 잠이 들었고, 잠에서 깨어났을 때는 해가 높이 떠올라 있었다. 벌써부터 무더웠다. 해리의 문이 삐걱하는 소리가 들리자, 프란체스카는 옷을 입었다.

그녀가 부엌에 내려갔을 때 그는 커피를 만들어 놓고, 식탁에 앉아서 담배를 피우고 있었다. 그가 그녀에게 씩 웃어 보였다. 그녀는 부엌을 가로질러 와서 그의 가슴에 얼굴을 묻었다. 그녀가 그의 머리칼을 매만지자 그는 그녀의 허리를 감싸안았다. 킨케이드는 그녀의 몸을 돌려 무릎 위에 앉히고 몸을 쓰다듬었다.

마침내 그가 일어섰다. 그는 낡은 청바지에 깨끗한 카키색 셔츠를 입고, 그 위에 오렌지색 멜빵을 하고 있었다. 레드윙 부츠에는 끈이 꼭 매어져 있었고, 스위스제 군용칼이 벨트에 매달려 있었다. 촬영용 조끼는 의자 등받이에 걸쳐져 있었고, 조끼 주머니에서 전선이 삐죽이 나와 있었다. 카우보이는 안장을 꾸린 것이었다.

"가 보는 게 좋겠소."

프란체스카가 고개를 끄덕이며 울기 시작했다. 그녀는 그의 눈에 눈물이 어려 있는 것을 보았다. 하지만 그는 눈물과 함께 예의 그 희미한 미소를 짓고 있었다.

"언젠가 편지를 써도 괜찮겠소? 최소한 사진 한두 장은 보내 주고 싶은데."

"좋아요."

프란체스카가 찬장 문에 매달린 수건으로 눈을 닦으면서 말했다.

"너무 많지만 않다면, 히피 사진작가에게 우편물을 받는다고 해도 적당히 둘러댈 수 있을 거예요."

"내 워싱턴 주소와 전화번호를 가지고 있소?"

그녀가 고개를 끄덕였다.

"내가 거기 없으면 《내셔널 지오그래픽》 사무실로 전화를 해요. 내가 거기 전화번호를 적어 줄 테니까."

그는 전화기 옆에 있는 메모지에 번호를 적고, 종이를 찢어 그녀의 손에 쥐여 주었다.

"잡지를 보면 전화번호가 언제나 나와 있어요. 편집부를 대 달라고 해요. 그쪽에서는 내가 대부분 어디에 있는지 알고 있으니까. 나를 만나고 싶거나, 그냥 이야기만 하고 싶을 때라도, 주저하지 말아요. 세계 어디에 있든지 내게 수신자 요금 부담으로 전화를 걸어요. 그렇게 하면 이쪽 청구서에 요금이 부과되지 않으니까. 나는 이 주변에서 며칠 더 머물 테니까 내가 한 말을 잘 생각해 봐요. 이쪽 문제를 어떻게든지 즉시 처리하고, 함께 북서쪽으로 달려갈 수도 있으니까."

프란체스카는 아무 말도 하지 않았다. 그녀는 알고 있었다. 그가 정말로 그럴 수 있다는 것을. 문제를 즉시 처리할 수도 있다는 것을. 리처드는 그보다 다섯 살 연하였지만, 지성적으로나 육체적으로나 로버트 킨케이드와는 비교가 되지 않았다.

그는 조끼를 걸쳤다. 그녀는 마음이 휑하니 비어 버렸다. '가지 말아요, 로버트.' 그녀는 마음속 어디에선가 울부짖는 자기 목소리를 들을 수 있었다.

그는 프란체스카의 손을 잡고, 뒷문을 나와 트럭 쪽으로 갔다. 운전석 문을 열고, 한쪽 발을 발판에 올려놓았다가 다시 내리고는, 몇 분 동안 그녀를 꼭 안고 있었다. 두 사람 다 말을 하지 않은 채 그냥 그렇게 서서, 서로를 향한 감정을 주고받으며 아로새겼다. 잊혀지지 않을 감정을. 그녀는 그 순간 그가 말했던, 그 특별한 존재의 실체를 다시 확인했다.

마침내 그는 포옹을 풀고, 트럭에 올라가 운전석에 앉았다. 문은 열어 둔 채였다. 그의 뺨을 타고 눈물이 흘러내렸다. 그녀의 뺨에도 눈물이 흘러내렸다. 그가 천천히 문을 닫을 때, 삐걱하는 소리가 났다. 해리는 여느 때처럼 출발하기를 꺼렸지만, 그녀는 그가 부츠를 신은 발로 액셀러레이터를 힘껏 밟는 소리를 들었다. 낡은 트럭이 움직이기 시작했다.

그는 후진 기어를 넣고 클러치를 밟은 채 앉아 있었다. 처음에는 심각하게, 그러고 나서는 약간의 웃음기를 띠고. 그는 자동차 도로를 가리켰다.

"길이요, 길로 나서는 거요. 나는 다음 달에는 인도 남동부에 있을 거요. 거기서 카드를 한 장 보내도 괜찮겠소?"

그녀는 말을 하지 않았지만, 고갯짓으로 거절을 표시했다. 우편함에서 그 카드를 발견하게 되면, 리처드는 견디기 힘들어하리라. 그녀는 로버트가 이해하고 있다는 것을 알았다. 그가 고개를 끄덕였다.

트럭이 자갈을 튀기며 마당으로 후진하자, 바퀴 아래에 있던 병아리 떼가 놀라 흩어졌다. 잭은 농기구 헛간으로 들어가는 그들 중 한 마리를 쫓아가며 짖어 댔다.

로버트 킨케이드는 열린 조수석 창으로 그녀에게 손을 흔들었다. 그녀는 그의 은팔찌에 햇빛이 반사되는 것을 볼 수 있었다. 그는 셔츠의 단추 두 개를 열어 놓고 있었다.

그가 집 앞 도로로 들어섰다. 프란체스카는 계속 눈물을 훔치며, 그의 뒷모습을 보려고 애썼다. 눈물 때문에 햇살이 이상한 프리즘을 만들었다. 그녀는 둘이 처음 만난 밤을 생각하고는, 서둘러 길의 입구로 가서, 흔들리는 낡은 트럭을 바라보았다. 길의 끝에 다다르자 트럭이 멈춰섰다. 운전석이 활짝 열리더니 그가 발판에서 내려섰다. 그는 그녀를 볼 수 있었다. 먼 거리라서 조그맣게 보였다.

더위 속에서 참을성 없이 헐떡거리고 있는 해리 옆에 서서 그는 그녀를 바라보았다. 두 사람 다 움직이지 않았다. 이미 작별 인사를 나눈 터여서 아이오와의 농부의 아내와 진화의 가지 끝에 다다른 마지막 카우보이 사내는 그렇게 바라보기만 했다. 30초 동안 그는 거기 그렇게 서 있었다. 사진작가다운 그의 눈매는 무엇 하나 놓치지 않고, 결코 잊혀지지 않을 그들 두 사람의 이미지를 만들어 내고 있었다.

킨케이드는 문을 닫고 기어를 넣었다. 시골길을 좌회전해 윈터셋 쪽으로 가면서, 그는 다시 울고 있었다. 그는 농장의 북서쪽 끝에 있는 숲이 시야를 가로막기 직전에, 뒤를 돌아보았다. 길이 시작되는 곳에서 다리를 포개고 앉아, 머리를 양손에 묻고 있는 그녀가 보였다.

리처드와 아이들은 박람회 이야기와, 소가 도살용으로 팔리기 전에 탄 리본을 가지고 초저녁에 도착했다. 캐롤린은 곧장 전화기로 달려갔다. 이날은 금요일이었고, 마이클은 픽업을 몰고 열일곱 살배기 남자애가 금요일 밤에 즐길 수 있는 일을 하러 시내에 갔다. 대부분은 광장 주변을 어정거리면서 차를 타고 지나가는 여자애들에게 말을 걸거나 고함을 치는 정도였지만. 리처드는 버터와 메이플 시럽을 곁들여 먹은 옥수수빵이 맛이 좋았다고 말하면서 텔레비전을 켰다.

그녀는 현관 그네에 앉았다. 10시에 좋아하는 프로그램이 끝나자 리처드가 밖으로 나왔다. 그가 기지개를 켜며 말했다.

"집에 오니 정말 좋군."

그러면서 아내를 바라보았다.

"당신, 괜찮아, 프래니? 약간 피곤하거나 백일몽을 꾸고 있거나 그런 것 같은데."

"괜찮아요, 리처드. 당신이 무사히 건강하게 집에 돌아와서 좋아요."

"그래, 난 잠자리에 들어야겠어. 박람회에서 일주일을 지냈더니 완전히 지쳤어. 당신도 올라오겠소, 프래니?"

"잠깐만 있다가요. 밖에 나오니 좋네요. 잠시 여기 앉아 있고 싶어요."

그녀는 피곤했지만, 리처드가 속으로 섹스를 생각하고

있을까 봐 걱정이었다. 오늘 밤에는 도저히 응할 수가 없었다. 그가 침실에서 어정대는 소리가 들렸다. 침실은, 그녀가 맨발로 앉아서 그네를 흔들고 있는 곳 바로 위쪽이었다. 집 뒤쪽에서 캐롤린이 켜 놓은 라디오 소리가 들렸다.

그녀는 다음 며칠 동안 시내에 들어가는 것을 피했다. 로버트 킨케이드가 겨우 몇 마일 떨어져 있다는 것이 마음에 걸렸다. 그를 보면 자신을 억제할 수 있을 것 같지 않았다. 그에게 뛰어가서 "당장요! 지금 당장 가야 해요!"라고 소리 지를지도 모르는 일이었다. 프란체스카는 시더 다리에서 그를 만나는 위험도 무릅쓰지 않았다. 지금은 그를 다시 만나는 것만으로도, 너무나 위험했다.

화요일에는 식료품이 거의 동이 났다. 때마침 리처드는 옥수수 따는 기계를 조립하다가 부품이 필요했다. 계속 비가 내리고 안개가 낮게 깔린, 8월 치곤 서늘한 날이었다.

리처드는 부품을 구입한 다음, 프란체스카가 식료품을 사러 간 사이 카페에서 다른 사람들과 커피를 마시고 있었다. 그는 아내의 스케줄에 맞춰 그녀가 쇼핑을 마쳤을 때쯤 '슈퍼 밸류' 앞으로 나와 기다리고 있었다. 그는 포드 픽업에서 내려와 그녀가 뒤 칸에 짐 싣는 것을 거들었다. 프란체스카는 자리에 앉아 무릎 위에 물건을 내려놓다가 삼각대와 배낭을 떠올렸다.

"농기계 부품상에 다시 들러야 해. 필요할지도 모르는 부품 하나를 빠뜨렸거든."

그들은 169번 국도를 타고 북쪽으로 올라갔다. 윈터셋의 간선 도로였다. 텍사코 주유소에서 남쪽으로 한 블록 떨어진 곳에서, 프란체스카는 바퀴에 바람을 넣고 있는 해리를 보았다. 그러더니 해리는 앞창의 와이퍼를 움직이면서 그들 앞쪽에 있는 길로 들어섰다.

존슨 부부가 탄 차도 달려가서 낡은 픽업 바로 뒤에 섰다. 포드 픽업의 높은 좌석에 앉아서 그녀는, 픽업트럭 뒤칸에 덮인 검은 방수천 밑으로 옷 가방과 기타 케이스가 스페어타이어 바로 옆에 묶여 있는 것을 보았다. 뒤창에 빗물이 흘러내리고 있긴 했지만, 그의 머리가 조금 보였다. 그는 소지품 상자에서 뭔가 꺼내려는 듯 몸을 기울이고 있었다. 8일 전 그는 그렇게 하면서 그녀의 다리를 스쳤었다. 그리고 바로 일주일 전, 그녀는 디모인으로 가서 핑크색 원피스를 샀다.

"저 트럭은 집에서 아주 멀리 왔구먼. 번호판이 워싱턴 주로 되어 있는데. 여자가 운전을 하나 봐. 머리가 길잖소. 아냐, 아냐. 다시 생각해 보니 아마 카페에서 사람들이 이야기하던 그 사진작가라는 사람 같구먼."

리처드가 말했다.

그들은 로버트 킨케이드를 뒤따라 몇 블록 북쪽으로 갔다. 거기서 169번 국도는 동서로 뻗은 92번 도로와 교차했다. 그곳은 사방으로 통행량이 많은 십자로였다. 비가 내리고 안개가 더 짙어져서 네거리는 복잡했다.

20초가량 그들은 그대로 앉아 있었다. 그가 바로 앞에, 그녀에게서 겨우 1미터 떨어진 곳에 있었다. 프란체스카는 아직도 감행할 수 있었다. 차에서 내려 해리의 오른쪽 문으로 뛰어가, 배낭과 아이스박스와 삼각대 위로 올라가기만 하면 그만이었다.

지난 금요일, 로버트 킨케이드가 떠난 후, 그녀는 깨달았다. 그를 좋아한다고 생각했지만, 그럼에도 불구하고, 자기 감정을 심하게 과소평가했다는 것을. 도저히 그런 감정을 가질 수 없을 것 같았지만, 그것은 사실이라는 것을. 프란체스카는 그가 이미 이해했던 것을 이해하기 시작했다.

그러나 그녀는 책임감에 꽁꽁 얼어붙어 앞 트럭의 뒤창만 뚫어져라 바라보고 있었다. 평생토록 무엇을 이렇게 집중해서 쳐다본 적이 없었다. 해리의 왼쪽 깜빡이에 불이 들어왔다. 다음 순간, 그는 사라져 버렸다. 리처드는 트럭의 라디오를 켰다.

그녀의 시선에는 모든 사물이 느릿느릿 돌아가기 시작했다. 마음속에서 이상한 현상이 일어났다. 그의 차례가 오자 천천히…… 느릿느릿…… 그는 해리를 네거리 안쪽으로 몰았다. 그녀는 그가 긴 다리로 클러치와 액셀러레이터를 작동하는 모습을, 그리고 기어를 바꿀 때 오른팔 근육이 움직이는 것을 그려 볼 수 있었다. 그러더니 좌회전해서 92번 도로로 들어서 카운실블러프스로 향했다. 블랙힐스로, 북서쪽으로…… 천천히…… 느릿느릿 낡은 픽업이 돌아갔다……. 아주 천천히 네거리를 돌아 서쪽으로 향했다.

눈물과 빗줄기와 안개 속에 갇혀서, 그녀는 차 문에 쓰여진 빨간 페인트 글씨를 분별할 수가 없었다. '킨케이드 사진 연구소, 워싱턴주 벨링햄'

그는 회전할 때 앞이 잘 보이지 않자 창문을 내렸다. 프란체스카는 그 순간 그의 머리칼이 찰랑이는 것을 보았다. 92번 도로로 들어서서 서쪽으로 향하자 그는 창문을 올렸다.

'오, 하느님! 오, 주 예수 그리스도여…… 안 됩니다!'

그런 말이 안에서 솟아 나왔다.

'내가 틀렸어요, 로버트. 여기 머무르겠다는 생각이 틀렸지만…… 갈 수가 없어요…… 당신에게 다시 말하게 해

줘요…… 내가 왜 갈 수 없는지…… 내가 왜 가야만 하는지 내게 다시 말해 줘요.'

그녀는 그의 목소리가 고속도로에서 울려 퍼지는 것을 들었다.

'애매함으로 둘러싸인 이 우주에서, 이런 확실한 감정은 단 한 번만 오는 거요. 몇 번을 다시 살더라도, 다시는 오지 않을 거요.'

리처드는 트럭을 몰고 네거리를 지나 북쪽으로 향했다. 그녀는 안개와 빗속으로 사라지는 해리의 빨간 후미등 쪽을 바라보며 순간적으로 그의 얼굴을 찾았다. 대형 화물차 옆을 지나는 낡은 시보레 픽업이 작게 보였다. 화물차는 마지막 카우보이에게 물을 뿌리며 윈터셋으로 들어갔다.

'안녕, 로버트 킨케이드.'

그녀는 속으로 중얼거리며, 흐느끼기 시작했다.

리처드가 아내를 힐끗 보았다.

"왜 그래, 프래니? 제발 뭐가 잘못됐는지 좀 얘기해 줘요!"

"리처드, 혼자 생각에 잠길 시간이 필요해요. 몇 분만 지나면 괜찮아질 거예요."

리처드는 라디오 다이얼을 정오의 가축 가격 뉴스에 맞추었다. 그는 아내를 쳐다보면서 고개를 가로저었다.

재

  매디슨 카운티에 밤의 장막이 내렸다. 이날은 1987년 그녀의 예순일곱 번째 생일이었다. 프란체스카는 침대에 두 시간 동안 누워 있었다. 그녀는 22년 전의 그 모든 것을 보고, 만지고, 냄새 맡고, 들을 수 있었다.

  그녀는 추억했다. 추억하고 또 추억했다. 아이오와 92번 도로를 따라 빗속을 달리던 빨간 후미등의 이미지. 20년도 넘는 세월 동안 그 안개가 내리는 가운데 살았다. 그녀는 무심결에 자기 가슴을 어루만졌다. 그러자 그녀 위로 그의 가슴 근육이 스치고 지나가던 느낌이 그대로 살아났다. 맙소사, 그녀는 그를 너무나 사랑했다. 도저히 그렇게 사랑하기란 불가능하리라 생각될 만큼 그를 사랑했다. 그런데 지금은 그를 예전보다도 훨씬 더 많이 사랑하고 있다. 가족을 망치고 그를 망칠지도 모르는 일만 아니었다면, 그녀는 그를 위해 무슨 일이라도 했으리라.

프란체스카는 계단을 내려가 부엌에 놓인 노란 포마이카 칠이 된 낡은 식탁에 앉았다. 리처드는 새 식탁을 사서는 그것을 써야 한다고 고집했다. 하지만 그녀는 예전에 쓰던 것을 헛간에 보관하게 해 달라고 부탁했고, 비닐로 조심스럽게 싸서 헛간 한구석에 치워 뒀다.

"왜 당신이 이 낡은 식탁에 그렇게 애착을 갖는지 모르겠군."

리처드는 그녀가 식탁을 옮기는 것을 도우면서 투덜댔다. 리처드가 죽은 후, 마이클이 그녀를 위해 식탁을 다시 집 안으로 들여왔다. 아들은 왜 새 식탁이 있는데도 낡은 식탁을 고집하시느냐고 묻지 않았다. 그는 다만 의아한 표정으로 그녀를 물끄러미 바라볼 뿐이었다. 프란체스카는 아무 말도 하지 않았다.

이제 그녀는 그 식탁에 앉아 있다. 그러다가 찬장으로 가서 작은 황동 촛대에 꽂힌 흰 양초 두 개를 가지고 왔다. 그녀는 초에 불을 붙이고 라디오를 켰다. 조용한 음악이 나오는 주파수가 맞춰질 때까지 천천히 다이얼을 돌렸다.

그녀는 한참 동안 싱크대 옆에 서 있었다. 고개를 약간 위로 드니 그의 얼굴이 보였다. 그녀가 속삭였다.

"난 당신을 기억하고 있어요, 로버트 킨케이드. 어쩌면
그 사막의 성자 말이 옳을지도 몰라요. 당신은 마지막 카우
보이였어요. 카우보이들이 이제는 거의 모두 죽었거든요."

리처드가 죽기 전, 그녀는 킨케이드에게 전화를 걸거나
편지를 쓰려고 해 본 일이 없었다. 오랜 세월 동안, 날이면
날마다 그러고 싶은 마음을 억누르고 살았다. 만일 한 번
이라도 더 킨케이드와 이야기를 했다면, 그녀는 그에게로
갔으리라. 그에게 편지를 썼다면, 그가 그녀에게 달려왔으
리라는 것을 프란체스카는 알고 있었다. 너무나 자명한 일
이었다. 그 세월 동안, 그는 사진과 원고가 든 소포만 한
번 보냈을 뿐 그 후로는 편지를 보내지도, 전화를 하지도
않았다. 그렇게 하면 그녀의 마음이 혼란을 겪을 것임을 그
는 이해했다. 자신 때문에 그녀의 생활이 복잡해지는 것을
그는 원하지 않았고, 그의 그러한 심경을 그녀 또한 너무
도 잘 알고 있었다.

그녀는 1965년 9월, 《내셔널 지오그래픽》지의 정기 구
독을 신청했다. 다음 해에 지붕 있는 다리에 관한 기사가
잡지에 실렸다. 프란체스카가 메모를 남겼던 이튿날 아침,
따스한 첫 햇살을 받고 서 있는 로즈먼 다리의 사진도 나

왔다. 표지는, 아침에 호그백 다리 쪽으로 가는 마차 사진이었다. 그는 또 기사도 쓰고 있었다.

잡지 맨 뒤에는 작가와 사진작가 명단이 수록되어 있었다. 이따금씩은 그들의 사진도 함께 게재되었는데, 킨케이드도 가끔 거기 나왔다. 여전히 은발 머리는 길었고, 은팔찌를 하고, 청바지나 카키색 바지를 입고, 어깨에는 카메라를 메고, 팔뚝에는 핏줄이 선 모습. 칼라하리 사막에서, 인도의 자이푸르성에서, 과테말라에서는 카누를 타고, 혹은 북부 캐나다에서. 길과 카우보이.

그녀는 이런 사진들을 잘라서 마닐라지 봉투에 넣어 보관했다. 지붕 덮인 다리 사진이 나온 잡지 한 부와 원고, 사진 두 장과 그의 편지도 함께 넣었다. 그녀는 이 봉투를 서랍장의 속옷 아래에 감추었다. 리처드의 눈에 띌 일이 없는 장소였다. 그리고 그 오랜 세월 동안, 멀리서 그를 지켜보는 사람처럼, 그녀는 로버트 킨케이드가 늙어 가는 모습을 지켜보았다.

얼굴에는 여전히 미소가 어려 있었고, 기다랗고 홀쭉한 몸매에 멋진 근육도 예전과 다름없었다. 하지만 그녀는 그의 눈가의 주름과 강한 어깨가 조금 처진 것이며 얼굴이 늘어진 것을 알아볼 수 있었다. 그런 것은 한눈에도 알 수 있었다. 프란체스카는 평생을 살면서 그 어떤 대상보다도 그의 몸을 자세히 연구했다. 그녀 자신의 몸보다도 더 자세히. 그리고 그가 나이를 먹어 가는 사실이, 그녀로 하여금 그를 더욱더 갈구하게 만들었다. 그런 일이 가능하다면. 프란체스카는 그가 혼자일 거라고 짐작했다. 아니, 그럴 거라고 확신했다.

촛불을 밝히고 식탁에 앉아서, 그녀는 그 기사들을 찬찬히 살폈다. 멀리 어느 곳에서인가 그가 그녀를 바라보고 있는 것 같았다. 1967년 잡지에 게재된 특별한 사진이 그녀의 손에 잡혔다. 그는 아프리카 동부의 어느 강가에 있었다. 쭈그리고 앉아 뭔가를 촬영하려고 카메라의 접안렌즈에 한쪽 눈을 대고 있는 사진이었다.

오래전 처음 이 사진을 잡지에서 봤을 때, 그녀는 그가 목에 걸고 있는 은목걸이에 작은 메달이 달린 것을 알아볼 수 있었다. 마이클은 대학에 다니느라 집을 떠나 있었고, 리처드와 캐롤린은 잠자리에 든 시간, 그녀는 마이클이 어릴 때 우표 수집을 하면서 쓰던 확대경을 꺼내 들고 사진을 비췄다.

"맙소사."

그녀는 숨을 멈추었다. 메달에는 '프란체스카'라고 적혀 있었다. 분별없는 행동인 것이 분명해 보였지만, 그녀는 미소 지으며 그를 용서했다. 그 후로 모든 사진에서, 그 메달은 언제나 은목걸이 줄에 매달려 있었다.

1975년 후로 프란체스카는 잡지에서 다시는 그를 보지 못했다. 그의 이름이 적히곤 했던 줄도 다른 이름으로 채워져 있었다. 그녀는 매달 그의 이름을 찾아봤지만, 아무 흔적도 발견하지 못했다. 그해에 그는 예순두 살이었다.

1979년 리처드가 죽었다. 장례식이 끝나고 아이들이 각자 집으로 돌아가자, 그녀는 로버트 킨케이드에게 전화를 걸어야겠다고 생각했다. 그는 예순여섯 살일 테고, 그녀는 쉰아홉 살이었다. 아직도 시간이 있었다. 14년이란 세월을 그냥 흘려보내긴 했지만. 프란체스카는 일주일 동안 생각하고 또 생각했다. 그러고는 그의 편지지 위에 적힌 번호를 눌렀다.

전화벨이 울리기 시작하자 거의 가슴이 멎는 것 같았다. 그녀는 저쪽에서 수화기를 드는 소리를 듣고는, 하마터면 다시 수화기를 내려놓을 뻔했다. 여자 목소리가 들렸다.

"맥그리거 보험입니다."

프란체스카는 가슴이 내려앉았지만 마음을 진정하고, 그 여비서에게 전화번호가 맞는지 물었다. 번호는 맞았다.

프란체스카는 고맙다고 인사하고는 전화를 끊었다.

다음으로 그녀는 워싱턴주 벨링햄시의 안내에 전화를 걸었다. 그의 이름은 없었다. 그래서 다음에는 시애틀 쪽으로 시도해 보았다. 거기도 마찬가지였다. 이번에는 벨링햄과 시애틀의 상공회의소에 연락했다. 시내 전화번호부를 점검해 줄 수 있느냐고 물었다. 상공회의소 쪽에서 점검해 보았지만, 그의 이름은 명단에 없었다. 그래, 킨케이드는 동서남북 어디에서나 살 수 있는 사람이지. 프란체스카는 생각했다.

그녀는 잡지를 떠올렸다. 그는 거기에 전화해 보라고 말했다. 잡지사의 교환수는 친절했지만 신입 사원이었다. 그녀의 부탁을 도와주기 위해서 다른 사람을 불러야 했다. 프란체스카의 전화는 세 차례나 다른 곳에 연결되었다가 마침내 잡지사에서 20년 동안 일했다는 부편집인과 연결되었다. 그녀는 로버트 킨케이드에 대해 물었다.

당연히 편집인은 그를 기억하고 있었다.

"그의 현재 거처를 알고 싶으시다고요? 이렇게 말씀드려도 괜찮을지 모르지만, 그는 끝내주는 사진작가였습니다. 다루기 힘든 사람이었죠. 못되게 굴어서가 아니라 고집이 워낙 세서요. 그는 예술을 위한 예술을 추구했는데,

그런 점이 우리 출판 의도와 딱 맞아떨어지지는 않았죠. 우리 출판 의도는 멋진 사진, 기술이 뛰어난 사진이지만 지나치게 야성적인 것은 잘 안 맞아요.

우리는 늘 킨케이드가 약간 이상한 사람이라고 말했죠. 우리 가운데 누구도, 그가 우리를 위해 해 주는 일 외에는 그를 잘 아는 사람이 없었어요. 하지만 그는 프로였죠. 우린 그를 어디에든 파견할 수 있었고, 그는 우리가 게재하기로 결정한 사항에 대부분 내켜하지 않으면서도 일을 잘 해 주었어요. 그가 어디 있느냐를 알아보려고 지금 파일을 뒤지고 있는 중입니다. 그는 1975년에 잡지사 일을 그만뒀지요. 제가 가진 주소와 전화번호는……."

그는 프란체스카가 이미 가지고 있는 정보를 읽어 주었다. 그녀는 그 이후 그를 찾으려는 노력을 그만두었다. 그런 노력을 한 끝에 알아낼 사실이 두려웠기 때문이다.

그녀는 로버트 킨케이드에 대한 생각에 몸과 마음을 내맡겼다. 그녀는 아직도 제대로 운전할 수 있었다. 그래서 1년에 몇 번씩은 디모인으로 가서, 그가 그녀를 데려갔던 그 레스토랑에서 점심 식사를 하곤 했다. 한번은 그런 나들이를 하는 길에 가죽 장정된 공책을 한 권 샀다. 그리고 그 페이지 위에 깔끔한 글씨로 그와의 사랑 이야기와, 그에 대한 그녀의 생각을 자세히 써 내려갔다. 공책을 세 권이나 채우고서야 해야 할 일을 다했다는 만족감이 들었다.

원터셋은 개발의 바람을 타고 있었다. 예술 그룹이 활발하게 활동했는데, 구성원은 대부분 여자들이었다. 낡은 다리들을 새로 고쳐야 한다는 이야기도 나왔지만, 몇 년 동안이나 이야기만 오갔다. 젊은 사람들이 언덕 위에 집을 짓고 살기 시작했다. 분위기가 바뀌어서 이제는 장발이 사람들의 시선을 끌지 못했다. 비록 샌들을 신은 남자는 거의 없었고, 또 시인도 없었지만.

프란체스카는 몇몇 여자 친구를 만나는 것을 제외하면, 지역 사회와 완전히 발을 끊고 살았다. 사람들은 그 점에 대해 입방아를 찧곤 했다. 그녀가 로즈먼 다리 옆에 서 있는 것을 자주 봤다는 이야기를 수군거렸다. 노인들이란 그렇게 별난 짓을 하는 경우가 있다고들 했다. 그러고는 이런 설명에 스스로 만족했다.

1982년 2월 2일, 우편국 소속 트럭이 그녀의 집 진입로로 들어섰다. 그녀는 물건을 주문한 기억이 나지 않았다. 그녀는 당황해하면서 소포를 받았다고 서명을 하고, '프란체스카 존슨, RR2, 원터셋, 아이오와 50273'이라고 적힌 주소를 물끄러미 내려다보았다. 회신인 주소는 시애틀의 어떤 법률 사무소로 되어 있었다.

깔끔하게 포장한 소포는 추가 보험 처리가 되어 있었다. 프란체스카는 소포를 부엌 식탁 위에 올려놓고 조심스럽게 열어 보았다. 안에는 상자가 세 개 들어 있었고, 스티로폼으로 안전하게 포장되어 있었다. 한 상자 위에는 작은 봉투가 테이프로 붙여져 있었다. 다른 상자에는 그녀의 주소가 적힌 법률 회사 봉투가 붙어 있었다.

프란체스카는 법률 회사 봉투를 뜯어서 열어 보았다. 손이 떨렸다.

1982년 1월 25일

프란체스카 존슨 여사

RR2

윈터셋, 아이오와 50273

존슨 여사,

우리는 최근에 작고하신 로버트 킨케이드란 분의 유품을 보내 드리는 바입니다…….

프란체스카는 편지를 식탁 위에 놓았다. 밖에는 겨울 들녘에 눈이 내리고 있었다. 그녀는 바람에 옥수수 줄기와 그루터기가 함께 날려서 전선에 걸쳐지는 모양을 내다보았다. 그녀는 다시 한번 편지를 읽었다.

우리는 최근에 작고하신 로버트 킨케이드란 분의 유품을 보내 드리는 바입니다…….

"오, 로버트…… 로버트…… 안 돼요."
그녀는 나직하게 외치며 머리를 숙였다.
한 시간이 지나고 나서야 그녀는 계속 읽을 수 있었다. 단도직입적인 법률 용어와 분명한 표현에 화가 났다.

우리는 최근에……

변호사가 의뢰인에 대해 의무를 수행하고 있는 어투.
그러나 유성 꼬리를 타고 날아다니던 표범은, 그 힘은, 8월의 어느 더운 여름날 로즈먼 다리를 찾았던 샤먼 같은 사내는, 해리라는 이름의 트럭 받침대에 서서 아이오와의 농장 앞길의 먼지 속에서 죽어 가는 그녀의 모습을 뒤돌아

보던 그 남자는, 도대체 어디에 있을까?

편지는 천 페이지쯤 되어야 했다. 진화의 가지 끝에 대해, 자유의 상실에 대해, 겨울의 옥수수 줄기처럼 땅에서 벗어나지 않으려고 안간힘을 쓰는 카우보이에 대해, 뭔가 이야기가 있어야 마땅했다.

그가 남긴 단 한 장의 유서는 1967년 7월 8일에 작성된 것입니다. 그는 동봉한 물건을 당신께 전달하라고 분명히 밝혔습니다. 만일 당신을 찾을 수 없다면 물건은 소각하도록 되어 있습니다.

상자 안에 동봉한 '편지'라고 적힌 것은, 그가 1978년 우리에게 남긴, 당신에게 보내는 메시지입니다. 그가 봉투를 봉인했고, 그 이후로는 개봉된 적이 없습니다.

킨케이드 씨의 나머지 유품은 소각되었습니다. 그분의 요청에 따라, 어디에도 흔적을 남기지 않았습니다. 그분의 재 또한, 그분의 요청에 따라 부인의 집 근처에 뿌려졌습니다. 그 부근이 로즈먼 다리라고 불리는 것 같습니다.

혹시 우리의 도움이 필요하시면, 주저하지 말고 연락 주시기 바랍니다.

당신의 성실한 변호사

알렌 B. 퀴펜

그녀는 숨을 멈추고, 다시 눈을 훔쳤다. 그리고 상자에
든 물건을 점검하기 시작했다.

프란체스카는 작은 봉투에 무엇이 들어 있을지 알고 있
었다. 올해 다시 봄이 찾아오리라는 것을 아는 것만큼이나
확실히 알고 있었다. 조심스럽게 봉투를 열고, 손을 넣었
다. 은목걸이가 나왔다. 줄에 달린 메달에는 긁히긴 했지
만 '프란체스카'라고 쓰여 있었다. 뒷면에는 작은 글씨로
'이걸 줍는 분은 RR2, 윈터셋, 아이오와, 미국의 프란체스
카 존슨에게 보내 주십시오.'라고 적혀 있었다.

그의 은팔찌는 휴지에 싸인 채 봉투 제일 밑에 있었다.
팔찌에는 종이 한 장이 매달려 있었다. 그녀의 글씨였다.

'흰 나방들이 날갯짓할 때' 다시 저녁 식사를 하고 싶으시
면, 오늘 밤 일이 끝난 후 들르세요. 언제라도 좋아요.

로즈먼 다리에 붙였던 그녀의 메모. 킨케이드는 추억을
위해 그것까지 보관하고 있었던 것이다.

그러자 프란체스카는, 그가 가진 그녀의 물건이 유일하게 그것 하나뿐이었다는 사실을 떠올렸다. 그녀가 존재한다는 유일한 증거는, 그것뿐이었다. 세월의 흐름에 따라 천천히 흐려지는 필름의 감광 유제에 그녀의 모습이 담겨져 있기는 했지만. 로즈먼 다리에 남긴 작은 쪽지. 그것은 오랫동안 그가 지갑에 넣어 가지고 다니기라도 한 것처럼, 얼룩지고 구겨져 있었다.

그 오랜 세월 동안, 미들강 언덕에서 그다지도 멀리 떨어진 곳에서, 그는 몇 번이나 그 쪽지를 읽었을까. 어딘가로 날아가는 논스톱 비행기 안에서 흐릿한 독서등을 켜 놓고 앉아서 쪽지를 펴 들고 있는 킨케이드의 모습을 상상할 수 있었다. 호랑이 원산지의 나라, 대나무 오두막 바닥에 앉아서 손전등 불빛으로 쪽지를 읽는 모습도 떠올랐다. 벨링햄의 비오는 밤, 쪽지를 접어서 한 편으로 치워 두고는 어느 여름날 울타리 기둥에 기댄 여자의 사진이나 해 질 녘 지붕 있는 다리에서 나오는 여자의 사진을 들여다보는 모습도 떠올릴 수 있었다.

상자 세 개에는 렌즈가 달린 카메라가 한 대씩 들어 있었다. 움푹 들어가거나 긁힌 자국이 많았다. 카메라 한 대를 돌리자 파인더에 '니콘'이라는 상표가 눈에 들어왔다.

니콘 라벨 바로 왼쪽 위로는 'F'라는 글자가 박혀 있었다. 그것은 그녀가 시더 다리에서 그에게 건네줬던 바로 그 카메라였다.

마침내 그녀는 그가 쓴 편지를 개봉했다. 편지지에 길쭉한 글씨로 써 내려간 편지는 쓴 날짜가 1978년 8월 16일로 되어 있었다.

친애하는 프란체스카,

이 편지가 당신 손에 제대로 들어가길 바라오. 언제 당신이 이걸 받게 될지는 나도 모르겠소. 내가 죽은 후 언젠가가될 거요. 나는 이제 예순다섯 살이오. 그러니까 내가 당신 집 앞길에서 길을 묻기 위해 차를 세운 것이 13년 전의 바로 오늘이오.

이 소포가 어떤 식으로든 당신의 생활을 혼란에 빠뜨리지 않으리라는 데 도박을 걸고 있소. 이 카메라들이 카메라 가게의 중고품 진열장이나 낯선 사람의 손에 들어가는 것을 생각하는 것만으로도 참을 수가 없었소. 당신이 이것들을 받을 때쯤에는 모양이 아주 형편없을 거요. 하지만 달리 이 걸 남길 만한 사람도 없소. 이것들을 당신에게 보내서 당신을 위태롭게 했다면 정말 미안하오.

나는 1965년에서 1975년까지 거의 길에서 살았소. 당신에게 전화하거나 당신을 찾아가고픈 유혹을 없애기 위해서였소. 깨어 있는 순간마다 느끼곤 하는 그 유혹을 없애려고, 얻을 수 있는 모든 해외 작업을 따냈소. "빌어먹을. 난 아이오와의 윈터셋으로 가겠어. 그리고 어떤 대가를 치르더라도 프란체스카를 데리고 와야겠어."라고 중얼거린 때가 여러 번 있었소.

하지만 당신이 한 말을 기억하고 있고, 또 당신의 감정을 존중해요. 어쩌면 당신 말이 옳았는지도 모르겠소. 그 무더운 금요일 아침, 당신 집 앞길을 빠져나왔던 일이 내가 지금까지 한 일과 앞으로 할 일 중에서 가장 어려운 일이었다는 점만은 분명히 알고 있소. 사실, 살면서 그보다 더 어려운 일을 겪을 사람이 몇 사람이나 있을지 의아스럽소.

나는 1975년 《내셔널 지오그래픽》을 그만두고 나머지 세월을, 대부분 내가 직접 고른 일에 바치며 살고 있소. 한 번에 며칠 정도만 떠나면 되는 작은 일을 골라 하고 있소. 재정적으로 힘들긴 하지만, 그런 대로 살아 나가고 있소. 언제나 그랬듯이 말이오.

작업의 많은 부분이 퓨젓사운드 주변에서 이루어지오. 나는 그런 식으로 일하는 게 마음에 들어요. 남자들은 나이가 들수록 물을 좋아하게 되는 것 같소. 강이나 바다 말이오.

아, 그렇소. 이젠 내게 개도 한 마리 생겼소. 골든리트리버. 나는 녀석을 '하이웨이'라고 부르는데, 여행할 때도 대부분 데리고 다녀요. 녀석은 창문에 고개를 내밀고 좋은 촬영거리가 없나 두리번거리곤 하지.

1972년, 메인주의 아카디아 국립공원에 있는 벼랑에서 떨어지는 바람에 발목이 부러졌소. 떨어지면서 목걸이와 메달도 달아나 버렸소. 하지만 다행스럽게도 그 주변에 떨어져 있었소. 보석상에 가서 목걸이줄을 고쳐야 했소.

내 가슴속에는 재만 남았소. 내가 표현할 수 있는 말은 그정도요. 당신을 만나기 전에는 몇몇 여자들을 만나기도 했지만, 그 이후로 내겐 아무도 없소. 의식적으로 그러는 것이아니라, 단지 아무 관심이 없어져 버렸소.

한번은 제 짝꿍을 사냥꾼의 총에 잃은 거위를 보았소. 당신도 알다시피, 거위들은 평생토록 한 쌍으로 살잖소. 거위는 며칠 동안 호수를 맴돌았소. 내가 마지막으로 거위를 봤을 때는, 갈대밭 사이에서 아직도 짝을 찾으며 헤엄치고 있었소. 문학적인 면에서 약간 적나라한 유추일지 모르지만, 정말이지 내 기분이랑 똑같은 것 같았소.

안개 내린 아침이나 해가 북서쪽으로 이울어지는 오후에

는, 당신이 인생에서 어디쯤 와 있을지, 내가 당신을 생각하는 순간에 당신은 무슨 일을 하고 있을지 생각하려고 애쓴다오. 뭐, 복잡할 건 없지. 당신네 마당에 있거나, 현관의 그네에 앉아 있거나, 아니면 부엌의 싱크대 옆에 서 있겠지. 그렇지 않소?

나는 모든 것을 기억하고 있소. 당신에게 어떤 향기가 나는지, 당신에게 얼마나 여름 같은 맛이 나는지도. 내 살에 닿는 당신의 살갗이며, 사랑을 나눌 때 당신이 속삭이는 소리.

로버트 펜 워렌은 '신이 포기한 것 같은 세상'이란 구절을 사용한 적이 있소. 내가 시간에 대해 느끼는 감정과 아주 가까운 표현이오. 하지만 언제나 그런 식으로 살 수는 없잖소. 그런 느낌이 지나치게 강해지면, 나는 하이웨이와 함께 해리를 몰고 나가 며칠씩 도로를 달리곤 한다오.

나 자신에게 연민을 느끼고 싶지는 않소. 나는 그런 사람이 아니니까. 그리고 대부분은 그런 식으로 느끼지도 않고. 대신, 당신을 발견한 사실에 감사한 마음을 안고 살아가고 있소. 우리는 우주를 떠도는 두 점의 먼지처럼 서로에게 빛을 던졌던 것 같소.

신이라고 해도 좋고, 우주 자체라고 해도 좋소. 그 무엇이든 조화와 질서를 이루는 위대한 구조 아래에서는, 지상의 시간이 무슨 의미가 있겠소. 광대한 우주의 시간 속에서 보면 나흘이든 4억 광년이든 별 차이가 없을 거요. 그 점을 마음에 간직하고 살려고 애쓴다오.

하지만 결국, 나도 사람이오. 그리고 아무리 철학적인 이성을 끌어 대도, 매일, 매 순간, 당신을 원하는 마음까지 막을 수는 없소. 자비심도 없이, 시간이, 당신과 함께 보낼 수 없는 시간의 통곡 소리가, 내 머릿속 깊은 곳으로 흘러들고 있소.

당신을 사랑하오. 깊이, 완벽하게. 그리고 언제나 그럴 것이오.

마지막 카우보이, 로버트

추신: 지난여름 해리에 새 엔진을 달았더니 이젠 잘 달리오.

이 소포는 5년 전에 도착했다. 그 안에 동봉된 것들을 꺼내 보는 것이, 매년 그녀가 생일날 거행하는 의식의 일부분이었다. 그녀는 그의 카메라와 팔찌, 메달이 달린 목걸이를 특별한 상자에 넣어 옷장에 보관했다. 인근에 사는

목수에게 부탁해서 그녀가 디자인한 대로 호두나무 상자
를 만들게 한 다음, 안에는 칸막이를 했다.

"상자가 예쁜데요."

목수의 칭찬을 듣고 프란체스카는 슬며시 미소만 지
었다.

의식의 마지막 부분은 원고였다. 날이 저물면 그녀는
언제나 촛불 아래서 그 원고를 읽었다. 원고를 거실에서
가져와 조심스레 포마이카 상판 위에 놓고, 촛불을 켜고,
그해의 담배에 불을 붙였다. 해마다 이날이면 카멜을 한
개비씩 피우는 것 역시 의식의 일부였다. 그녀는 브랜디를
홀짝이며 원고를 읽기 시작했다.

Z차원에서의 추락

로버트 킨케이드

머나먼 과거의 시간부터 계속되어 온, 나 자신도 이해하
지 못하는 바람이 있다. 나는 그 바람을 따라, 그 바람이 휘
몰아 가는 기류에 휩쓸려 영원히, 언제까지나 계속될 것처
럼, 달려 나간다. 나는 어느덧 Z차원, Z의 세계, 나와 아무런

상관없이 흘러가고 있는 듯한 세계를 만나게 된다. 마치 두 손을 주머니에 찌르고, 상체를 기울여 상점의 쇼윈도 안을 무심히 들여다보듯이, 나는 그 세계를 들여다본다.

Z차원은 불가사의한 세계이다. 막달레나 서부 뉴멕시코 커브를, 비가 내리고 한없이 뻗어 가는 듯한 그 길을 달려가고 있다가도 나는 내가 고속도로가 아닌 인적이 드문 오솔길 위를 가고 있는 듯한 느낌을 받게 되고, 그러한 느낌은 점점 강해져 마치 어떤 동물이 지나간 흔적 같은 발자취를 따라가고 있는 나 자신을 발견하게 된다. 와이퍼가 차창의 빗물을 닦아 내고 나면, 내가 따라가고 있던 동물의 발자취는 없어지고 어느새 자연 그대로의 원시림이 내 앞에 펼쳐진다. 한 번, 또 한 번 차창의 와이퍼가 빗물을 씻어 낼 때마다, 나는 차츰 과거의 시간으로 거슬러 올라간다. 나는 어느새 빙하기에 당도해 있다. 이제 나의 모습은 내 주위에 펼쳐져 있는 얼음 그 자체처럼 단단하고, 군살 없는 근육으로 다져진 교활한 원시인이다. 털가죽옷을 걸치고, 머리칼은 헝클어진 채, 창을 들고 풀밭을 헤쳐 나가고 있다. 장면은 다시 바뀌고, 나는 시간을 자꾸만 거슬러 올라간다. 나는 물고기가 된다. 깊은 바닷속에서 비늘로 덮인 채 헤엄치는 물고기가 다시 플랑크톤으로 바뀌고. 나는 그 너머의 시간을 볼

수가 없다.

유클리드의 이론이 언제나 옳은 것이 아니다. 두 개의 '평행선'은 이 세상 끝까지 가도 영원토록 만나지 않는다고? 정말로 그럴까? 평행선이라 하더라도 저 아득한 어느 한 순간 만나지 않을까? 마치 소실점에서 선들이 만나듯이…….

나에게는 이것이 한낱 가정처럼 느껴지지 않는다. 언젠가는, 정말 언젠가는 하나의 사물이 그 자신의 존재를 상대방의 존재에 투척하여 '하나'가 되는 시점이 올 것만 같다. 두 올의 실이 하나로 얽혀지듯이. 어느 시점에서 만나기 시작했는지도 알 수 없고, 서로가 만나는 소리도 들리지 않으면서, 마치 숨을 쉬는 것처럼. 그렇다, 숨소리처럼, 숨결처럼…… 그들은 숨을 쉬듯이 자연스럽게 만나게 된다.

나는 이러한 '만남'으로, 그 품으로, 그 '만남'을 향해 천천히 나아가고 있는 것이다. 내 모든 힘을 다해, 나의 그 모든 의지를 다해서, 그리고 나를 완전히 그에게 바치면서…… 그리고, 그 누군가가 저쪽에서 나와의 이러한 '만남'을 위해 역시 그 자신의 모든 힘을 바쳐 내게로, 나에게로, 그 자신의 존재를 전해 주고자 달려오고 있다.

그 아득한 만남의 장소에서, 호흡처럼 얽혀 드는 그 만남의 순간에, 노래가 들려온다. 빙글빙글 돌아가는 신비한 춤이 시작되고, 노랫가락은 창을 들고 머리를 산발한 빙하시대 원시인의 마음을 달래 준다. 원시인, 나는 춤을 추기 시작한다. 천천히 원을 그리며, 아주 천천히⋯⋯ 그리고 나는 돌아온다. Z차원으로부터, 그녀에게로.

예순일곱 번째 생일이 저물 때, 비가 멈추었다. 프란체스카는 마닐라지 봉투를 뚜껑 달린 책상의 아래 서랍에 넣었다. 리처드가 죽은 후 그녀는 봉투를 은행의 금고에 보관하기로 결정했다. 하지만, 매해 이맘때면 며칠간 집으로 가져오곤 했다. 카메라가 든 호두나무 상자는 뚜껑을 닫아 침실의 옷장 선반 위에 놓았다.

오후가 되자 그녀는 로즈먼 다리에 다녀왔다. 이제 그녀는 현관으로 나가 수건으로 그네를 훔치고 앉았다. 날씨가 차가웠지만, 그녀는 언제나 그랬듯이, 몇 분 동안 그대로 앉아 있었다. 그러고는 마당 문으로 나가 한참이나 거기에 서 있다가 집 앞길의 입구로 나갔다. 22년의 세월을 건너뛰어, 그녀는 늦은 오후 그가 길을 물으려고 트럭에서 내리는 모습을 그려 볼 수 있었다. 해리가 시골길 쪽으로 덜컹거리며 달리다가 멈추고, 로버트 킨케이드가 발판 위에 서서 길을 뒤돌아보는 모습이 보이는 듯했다.

프란체스카의 편지

프란체스카 존슨은 1989년 1월에 세상을 떴다. 사망할 당시 예순아홉 살이었다. 로버트 킨케이드가 살았다면 그는 일흔여섯 살이었을 것이다. 사망 원인은 '자연사'로 기록되었다. 의사는 마이클과 캐롤린에게 이렇게 말했다.

"그냥 돌아가셨습니다. 사실 우리는 약간 당혹스러워요. 특별한 사망 원인을 찾아낼 수가 없습니다. 돌아가신 분이 부엌 식탁 위에 넘어져 있는 것을 이웃에 사는 사람이 발견했습니다."

1982년 변호사에게 보낸 편지에서 프란체스카는 시체를 화장하고, 재는 로즈먼 다리에 뿌려 달라고 요청했다. 매디슨 카운티에서는 화장이 흔한 일이 아니어서 — 어쩐지 약간 급진적인 행위라는 관점이었다. — 그녀의 이런 소망은 카페와 텍사코 주유소, 농기구 상점에서 열띤 논쟁을 불러일으켰다.

장례식이 끝나고, 마이클과 캐롤린은 천천히 차를 몰아 로즈먼 다리로 가서 프란체스카의 소망대로 재를 뿌렸다. 집 근처에 있는 다리이긴 했지만, 존슨 가족에게는 이 다리가 특별한 의미를 지닌 곳은 아니었기에 그들은 의아스럽기만 했다. 지각 있는 어머니가 어째서 그렇게 수수께끼 같은 유언을 하셨을까. 어떤 이유로, 보통의 관습대로 그들의 아버지 곁에 묻히기를 원하지 않았을까. 암만 생각해도 이해할 수가 없었다.

재를 뿌린 마이클과 캐롤린 남매는, 오랜 시간에 걸쳐 집 안을 정리하고, 대여 금고에 보관된 물건들을 변호사의 입회하에 찾아서 집으로 가져왔다.

그들은 상자에 있던 물건을 나누어서 각자 검토하기 시작했다. 마닐라지 봉투는 캐롤린이 맡은 물건 더미 거의 아래쪽에 들어 있었다. 그녀는 봉투를 열어 안에 든 물건을 꺼내 보고는 깜짝 놀랐다. 그녀는 로버트 킨케이드가 1965년 프란체스카에게 보낸 편지를 읽었다. 그다음으로는 1978년의 편지를 읽었고, 다음에는 1982년 시애틀의 변호사에게 온 편지를 읽었다. 마침내 그녀는 잡지 스크랩을 찬찬히 살피게 되었다.

"마이클."

그는 놀람과 우울함이 뒤섞인 캐롤린의 목소리에, 곧 고개를 들었다.

"무슨 일이야?"

캐롤린의 눈에는 눈물이 고였고, 목소리가 떨려 나왔다.

"어머니는 로버트 킨케이드라는 남자를 사랑했어. 그는 사진작가였지. 우리 모두 다리 이야기가 나온《내셔널 지오그래픽》을 봐야 했던 게 기억나? 이곳의 다리 사진을 찍은 사람이 바로 그 사람이었어. 그 당시 아이들이 떠들어댔던 이야기가 생각나. 카메라를 들고 다니는 이상한 차림의 남자에 대해 모두들 수군거렸지."

마이클은 타이를 느슨하게 하고 셔츠 단추 하나를 푼 채로 그녀 맞은편에 앉아 있었다.

"다시 한번 천천히 그 이야기를 해 봐. 네 말을 제대로 알아들었는지 모르겠어."

편지를 다 읽은 후, 마이클은 아래층의 옷장으로 갔다가 다시 프란체스카의 침실로 올라갔다. 그는 전에는 있었는지 몰랐던 호두나무 상자를 열었다. 그리고 그것을 가지고 부엌 식탁으로 왔다.

"캐롤린, 여기 그의 카메라가 있어."

상자의 끝쪽에는 프란체스카의 필체로 '캐롤린이나 마이클'이라고 적힌 봉인한 봉투가 있었고, 카메라들 사이에는 가죽 표지의 공책 세 권이 끼여 있었다.

"내가 이걸 읽을 수 있을지 잘 모르겠어. 괜찮다면, 네가 내게 큰 소리로 읽어 줘."

그녀는 봉투를 열고 큰 소리로 읽어 내려갔다.

1987년 1월 7일

캐롤린과 마이클에게

지금은 몸이 아주 좋지만, 이제 내 일을 정리할(사람들은 그렇게 표현하더구나.) 시기가 되었다는 생각이 드는구나. 너희가 알아야 할 굉장히 중요한 일이 있다. 그래서 내가 이 편지를 쓰는 거란다.

금고를 뒤져서 1965년 소인이 찍힌, 나에게 온 커다란 마닐라지 봉투를 발견한 후, 너희가 이 편지를 보게 되리라고 생각한다. 가능하다면 부엌의 낡은 식탁에 앉아서 이 편지를 읽도록 해라. 너희는 내가 왜 그런 요청을 하는지 곧 이해하게 될 게다.

이 편지를 내 자식들에게 쓰는 것이 나로서는 어려운 일이지만, 해야만 하는 일이기도 하다. 내가 지니고 죽기에는 너무나 강하고, 너무나 아름다운 일이 여기 있단다. 그리고 너희 어머니가 어떤 사람이었는지 알려면, 모든 좋은 점과 나쁜 점을 다 알려면, 내가 앞으로 하게 될 이야기를 알아야 할 필요가 있단다. 마음을 단단히 먹어라.

벌써 알았겠지만, 그의 이름은 로버트 킨케이드였단다. 중간 이름자의 이니셜은 'L'이었는데, 어떤 이름의 약자였는지는 나도 몰랐지. 그는 사진작가였고, 1965년 지붕 있는 다리를 찍으러 여기 왔단다.

그 사진이 《내셔널 지오그래픽》지에 났을 때, 이 지역 사람들이 얼마나 흥분했는지 기억해 봐라. 또 내가 그 시기부터 그 잡지를 받기 시작했다는 것도 아마 생각날 거다. 이제 너희도 알았겠지. 내가 갑자기 그 잡지에 관심을 기울이게 된 이유를. 그런데 시더 다리 사진을 찍을 때는 나도 그와 함께 있었단다(그의 카메라 배낭을 옮기는 일을 맡았지).

이해해 주렴. 난 너희들의 아버지 또한 사랑했다는 것을. 열광적인 그런 사랑은 비록 아니었지만 말이다. 그때도 그걸 알았고, 지금도 그걸 알고 있단다. 그이는 내게 잘해 주었고, 내게는 보석 같은 너희를 주었지. 그 점을 잊지 말아라.

하지만 로버트 킨케이드는 굉장히 다른 사람이었어. 내가 평생토록 보지도, 듣지도, 어디서 읽어 보지도 못했던 그런 사람이었지. 너희가 그를 완벽하게 이해하는 것은 불가능하단다. 무엇보다도 너희는 내가 아니니까. 하지만, 그가 움직이는 모습을 지켜보고, 그가 진화의 막다른 가지에 다다른 존재에 대해 이야기하는 것을 들었다면, 너희도 그의 주위를 맴돌 수밖에 없었을 거야. 어쩌면 내 노트들과 잡지 스크랩이 도움이 될지도 모르지만, 그것들로는 충분하지 않을 게다.

어떤 면에서, 그는 이 세상 사람이 아니었지. 내가 분명하게 이야기할 수 있는 것은 바로 그 점이야. 나는 늘 그를 유성 꼬리 위에 탄 표범 같은 존재라고 생각했지. 그는 그런 식으로 움직였고, 그의 몸은 꼭 그랬단다. 그는 따스하고 친절하면서도 한편으로는 대단히 강인한 사람이었다. 그에게는 애매하지만 비극적인 분위기가 풍겼지. 그는 컴퓨터와 로봇이 판을 치는 조직화된 세상에서 스스로 낙오되고 있다고 느꼈단다. 그는 자신을, 그의 표현에 따르자면, 마지막 카우보이 가운데 하나로 보았고, 자신을 구식이라고 생각했지.

그가 차를 세우고 로즈먼 다리까지 가는 길을 물었을 때, 나는 그를 처음 보았지. 아버지와 너희 둘은 일리노이주 박람회에 갔을 때였어. 내 말을 믿어 주렴. 모험심이 발동해서 그를 쫓아다닌 것은 결코 아니었어. 하지만 그를 본 지 5초도 지나지 않아서, 난 그를 원한다는 것을 알았지. 내가 나중에 그를 원하게 된 것만큼은 아니었지만.

그러니 제발, 그를 시골 여자들을 희롱하고 돌아다니는 카사노바쯤으로는 생각하지 말렴. 그는 결코 그런 사람이 아니었단다. 사실 그는 약간 수줍어했어. 우리에게 그런 일이 벌어진 것은 그 사람 탓이 아니야. 나에게도 절반은 책임이 있어. 사실은, 내게 더 많은 책임이 있는지도 몰라. 그의 팔찌에 달린 쪽지는, 우리가 처음 만난 다음 날 아침 그가 볼 수 있도록 내가 로즈먼 다리에 붙여 놓은 것이란다. 그가 찍은 내 사진을 제외하면, 그 쪽지야말로 내가 살아 있는 인물이라는 유일한 증거물이었어. 그 사람은, 내가 꿈속에서 만난 사람이 아니라는 증거로, 그렇게도 오랜 세월 동안 쪽지를 간직해 왔단다.

자식들이란 부모를 섹스와는 관계없는 사람으로 여긴다는 것을 알고 있다. 그래서 내가 지금부터 하는 이야기가 너희에게 충격을 주지 않기를 바라며, 너희가 나에 대해 갖고 있는 추억을 망가뜨리지 않게 되기를 소망한다.

우리 집의 낡은 부엌에서 로버트와 나는 몇 시간을 함께 보냈지. 우린 이야기하고, 촛불을 켜고 춤을 추었어. 그래, 우린 거기서 사랑을 나누었고, 침실에서도, 초원의 잔디 위에서도, 너희가 생각할 수 있는 어떤 곳에서도 사랑을 나누었어. 그것은 믿을 수 없는, 강인한, 탁월한 사랑의 행위였어. 며칠간 거의 쉬지 않고 계속되었지. 그에 대해 생각하면 '강인하다'란 말을 언제나 떠올리게 되지. 적어도 우리가 만났을 당시에는 그랬어.

그의 강렬함은 화살 같았지. 그가 내게 사랑을 해 줄 때면, 나는 그냥 무기력해졌지. 나약해진 건 아니었어. 그런 느낌과는 거리가 멀어. 그냥, 글쎄, 그의 강렬한 감정과 육체적인 힘에 압도되었다고 할까. 내가 그 말을 그에게 속삭였더니, 그는 무심코 이렇게 말하더구나. "나는 고속도로고, 유랑자고, 바다로 가는 돛단배요."라고.

나는 나중에 사전을 찾아봤지. '유랑자peregrine'란 말을 들었을 때, 사람들이 처음 생각하는 것은 매지. 하지만 그 단어에는 다른 뜻이 있고, 그는 그것을 알고 있었을 거야. 하나는 '외국인, 외래인'이라는 뜻이고 '방랑하거나 떠돌아다니거나, 헤매 다니는'이란 뜻도 있지. 어원은 라틴어 'peregrinus' 인데 그것은 이방인을 뜻한단다. 그는 그 모든 것을 지닌 사람이었어. 이방인, 더 일반적인 의미로는 외래인, 방랑자.

그리고 이제 생각해 보면 매와 같은 사람이기도 했지.

얘들아, 내가 말로는 도저히 옮길 수 없는 것을 표현하려고 애쓰고 있다는 점을 이해해 주렴. 나는 다만 언젠가 너희들도 내가 경험한 것을 경험하게 되기를 바랄 따름이란다. 하지만 그럴 수 있을 것 같지 않다는 생각이 들기 시작하는구나. 이렇게 문명화된 세상에서, 로버트 킨케이드가 지녔던 것 같은 특별한 힘에 사로잡힐 여자가 어디 있겠니. 도저히 가능할 것 같지가 않아. 그러니까 마이클, 너는 안 되겠다. 캐롤린으로 말하자면, 그런 사람은 이 세상에 그 사람 한 명 뿐이지 더는 없다는 나쁜 이야기를 들려줘야 할 것 같아 안 됐구나.

너희 아버지와 너희 둘이 아니었다면, 나는 곧장 어디든 그와 함께 떠났을 거야. 그는 내게 가자고 부탁했지. 거의 간청하다시피 했단다. 하지만 나는 그러려고 하지 않았고, 그는 너무나 민감했고, 다른 사람을 존중하는 스타일이어서, 그 후로는 우리 생활에 끼어들 수가 없었지.

모순은 이런 점이야. 만일 로버트 킨케이드가 아니었다면, 나는 이 오랜 세월을 농촌에 머무를 수 있었을 것 같지가 않구나. 나흘 동안, 그는 내게 인생을, 우주를 주었고, 조각난 내 부분들을 온전한 하나로 만들어 주었어. 나는 한 순간도 그에 대한 생각을 멈춘 적이 없단다. 그가 내 의식 속에 있지 않을 때도, 나는 어디선가 그를 느낄 수 있었고, 그는 언제나 그 자리에 있었지.

하지만 그런 것이, 너희 둘이나 너희 아버지에 대해 내가 느끼는 무엇을 빼앗아 가지는 않았단다. 내 입장에서만 생각하면, 내가 옳은 결정을 했다고 자신할 수가 없어. 하지만 가족을 생각해 보면 나는 내가 옳은 일을 했다고 확신한단다.

난 나 자신에게 정직해야 하고, 너희에게도 정직하게 말하려고 한다. 스스로에게 정직하자고 몇 번이나 다짐해 보아도 이것만은 진실인 것 같아. 우리 둘이 함께 지은 '사랑의 집'에 대해 로버트가 나보다 더 잘 이해했다는 것. 나는 시간이 흐르고 난 후에야 점차 그 상징성을 이해하기 시작했단다. 그가 나와 얼굴을 마주하고 함께 가자고 청했을 때 내가 그 점을 이해했다면, 아마 나는 그와 함께 떠났을 거야.

로버트는 이 세상이 지나치게 이성적으로 되어서 마법을 믿지 않게 되었다고 믿었지. 나는 내가 결정을 내리는 데 있어서 너무 이성적이 아니었는지, 돌이켜 보곤 한단다.

너희로서는 장례 절차에 대한 내 요구가 이해하기 힘들었으리라 믿는다. 어쩌면 머리가 맑지 않은 노인네의 요구라고 생각했을지도 몰라. 1982년 시애틀의 변호사가 보낸 편지와 내 공책을 읽으면, 내가 그런 요구를 한 이유를 이해하게 될 게다. 나는 내 가족에게 인생을 주었고, 로버트 킨케이드에게는 내게 남은 것을 주었다.

리처드는 그가 다다를 수 없는 무엇인가가 내 안에 있다는 것을 알았다고 생각해. 때로는 그가, 화장대에 숨겨 놓은 마닐라지 봉투를 몰래 본 것은 아닐까, 의심이 들기도 했어. 그이가 죽기 직전, 내가 디모인 병원의 침상 곁에 앉아 있을 때, 그는 내게 이런 말을 했어. "프란체스카, 당신에게는 당신만의 꿈이 있다는 것을 잘 알고 있소. 미안하오, 당신에게 꿈을 심어 주지 못해서." 우리가 함께 살았던 생애 속에서 가장 감동적인 순간이었지.

너희에게 죄책감이나 연민이나 그런 것을 느끼게 하고 싶지는 않아. 지금 나의 목적은 그것이 아니란다. 다만 너희가 알기를 바랄 뿐이야. 내가 로버트 킨케이드를 얼마나 사랑했는지를. 그가 그랬듯이, 나는 그 사랑의 감정을 오랜 세월 동안 날이면 날마다 지니고 살았단다.

두 번 다시 서로 이야기를 나누지는 못했지만, 우린 두 사람이 뭉칠 수 있는 최대한의 강도로 굳게 맺어져 있었지. 이런 걸 충분히 표현할 만한 말을 찾을 수가 없구나. 우리는 분리된 개체가 아니고 우리 두 사람에 의해 제3의 독립적인 존재가 되었다고 그이가 말했을 때가, 최고 절정이었지. 우리 둘 다, 그 제3의 존재에서 떨어져 존재한 적은 없어. 하지만 우리가 만든 하나의 존재는 유랑의 길을 떠나게 되었지.

캐롤린, 전에 내 옷장에 있는 밝은 핑크색 원피스를 놓고, 우리가 심하게 말다툼을 벌였던 것을 기억하니? 너는 그것을 입어 보고 싶어 했지. 내가 그걸 입은 걸 본 기억이 없다면서. 그러니까 네게 맞기만 한다면 넘겨주지 못할 이유가 없다고 말했어. 그 원피스는, 로버트와 사랑을 나누던 첫날밤 내가 입었던 옷이었어. 평생토록 그날 밤처럼 그렇게 멋지게 보였던 적이 없었지. 그 원피스는 그 시절에 대한 나만의 작고 바보스런 추억이었어. 그래서 다시는 입지 않았고, 네가 입어 보는 것도 거절했지.

1965년 로버트가 떠난 뒤, 나는 그에 대해 별로 아는 게 없다는 사실을 깨달았지. 그의 가족사라든가 하는 것에 대해서 말이야. 며칠 안 되는 시간 동안 그에 대해 거의 모든 것을 알았다고 생각했지만. 사실, 정말로 중요한 것은 다 알았지. 그는 외아들이었고, 양친이 다 죽었고, 오하이오의 어느 작은 마을에서 태어났지.

그가 대학에 다녔는지, 고등학교에 다녔는지도 확실히 모르지만, 그는 원초적이고 본능적이고 거의 신비스러울 정도로 뛰어난 지성의 소유자였지. 아, 그래. 그는 제2차 세계대전에, 종군 사진작가로 참가했지. 남태평양에서, 해군으로.

그는 한 번 결혼하고 이혼했는데, 나와 만나기 오래전이었지. 아이는 없었어. 그의 아내는 음악가였는데, 포크 싱어라던가. 그가 촬영 여행 때문에 오래 집을 비우는 것이 결혼 생활을 너무 힘들게 만들었다더구나. 그는 파경의 책임을 자신에게 돌렸지.

내가 아는 바로는, 로버트에게 다른 가족은 없었어. 너희에게 부탁한다. 그를 우리의 일부로 받아들이자고. 처음에는 무척 힘든 일이겠지만 말이다. 적어도 내게는 가족이 있었고, 다른 사람들과의 생활이 있었지. 하지만 로버트는 혼자였단다. 그것은 불공평한 일이었고, 나는 그것을 알아.

나는 존슨 가족 안에 이 모든 것이 보존될 수 있다고 생각하고 싶구나. 리처드에 대한 기억과 사람들이 그에 대해 말하는 것으로 미루어, 그럴 수 있으리라고 생각한다. 어쨌든 너희 판단에 맡기긴 하겠지만.

어찌 됐든, 나는 로버트 킨케이드와 내가 함께 나눈 것을 부끄러워하지 않는다. 오히려 그 반대야. 오랜 세월에 걸쳐 그를 절실하게 사랑했지만, 내 쪽에서 그에게 연락하려고 애썼던 것은 딱 한 차례뿐이었어. 너희 아버지가 돌아가신 후였지. 시도는 실패했고, 나는 그에게 무슨 일이 일어났을까 걱정스러웠어. 그런 두려움 때문에 다시는 연락하려고 애쓰지 않았지. 현실과 마주할 수가 없더구나. 그러니 1982년, 변호사의 편지와 소포가 왔을 때, 내 기분이 어땠을지 이젠 너희도 상상할 수 있겠지.

말했듯이, 너희가 나를 이해해 주기를 바란다. 나를 나쁘게 생각하지 않기를 바란다. 나를 사랑한다면, 내가 한 일도 사랑해야 하는 거야.

로버트 킨케이드는 대부분의, 아니 모든 여자가 경험하지 못할 방식으로 내게 가르쳐 주었어. 여자가 되는 것이 어떤 것인지를. 그는 멋지고 따스한 사람이었고, 분명히 너희의 존경과 사랑을 받을 자격이 있는 사람이란다. 너희가 그에게 존경과 사랑을 다 줄 수 있기를 소망한다. 그는 나를 통해, 그 사람 나름대로의 방식으로, 너희에게 잘해 주었으니까.

잘 지내거라, 내 아이들아.

엄마가

부엌에는 침묵이 흘렀다. 마이클은 깊게 숨을 내쉬고는 창밖을 내다보았다. 캐롤린은 주위를 둘러보았다. 싱크대, 바닥, 식탁, 모든 것을.

그녀는 거의 속삭임에 가까운 목소리로 말했다.

"오, 마이클, 마이클. 그 오랜 세월 동안 서로를 그렇게도 간절하게 원하며 살았던 그분들을 생각해 봐. 어머니는 우리 때문에, 아버지 때문에, 그를 포기했어. 그리고 로버트 킨케이드는 우리에 대한 어머니의 감정을 존중하느라 멀리 떨어져 지냈고. 마이클, 어떻게 그럴 수가 있지. 우린 우리의 결혼 생활을 너무나 아무렇지도 않게 여기는데, 우리 자신이 그런 식으로 끝나 버린 믿기 어려운 사랑의 원인의 일부가 되다니.

그분들은 나흘을 함께 보냈어. 딱 나흘. 일생 중에서 말이야. 우리가 일리노이주의 웃기는 박람회에 갔을 때였어. 엄마의 사진을 봐. 나는 엄마의 이런 모습을 본 적이 없어. 너무나 아름다워. 그건 사진 기술 때문이 아니야. 그 사람이 엄마를 위해 해낸 일이야. 엄마 얼굴을 봐. 얼마나 자유롭고 활달해. 머리는 바람에 날리고, 얼굴에는 생기가 돌고. 엄마는 정말 멋져 보이잖아."

"맙소사."

마이클이 할 수 있는 말은 이 한 마디뿐이었다. 그는 수건으로 이마를 훔치고, 캐롤린이 보지 않을 때 눈물을 훔쳤다.

캐롤린이 다시 말했다.

"그 세월 동안 그는 어머니와 연락하려고 애쓰지도 않았을 거야. 그리고 혼자서 죽은 게 틀림없어. 그래서 카메라들이 어머니에게 보내진 거야……. 핑크색 원피스를 놓고 엄마와 내가 대판 말다툼을 벌였던 게 기억나. 싸움이 며칠 갔지. 나는 비꼬면서 이유를 물었어. 그리고 엄마에게 말도 하지 않았지. 엄마가 한 말은 단지 '안 돼, 캐롤린. 그건 안 돼.'뿐이었어."

그러자 마이클도, 그들이 앉아 있는 낡은 식탁을 떠올렸다. 아버지가 죽은 후, 프란체스카가 그에게 다시 부엌에 가져다 놓아 달라고 부탁했던 것도 그런 이유 때문이었다.

캐롤린은 작은 봉투를 열었다.

"여기 그의 팔찌와 메달이 달린 은목걸이가 있어. 그리고 어머니가 편지에서 말한 메모도 있고. 로즈먼 다리에 붙여 놓았다는 것 말이야. 그가 보낸 다리 사진에 종이쪽지가 붙어 있었던 것도 그 때문이었어. 마이클, 우린 이제 어떻게 하지? 잠깐 생각하고 있어, 곧 돌아올 테니까."

그녀는 위층으로 올라갔다가 몇 분 후 비닐 봉투에 조심스럽게 접어 넣은 핑크색 원피스를 들고 돌아왔다. 그녀는 원피스를 꺼내서 마이클이 볼 수 있도록 높이 치켜들었다.

"어머니가 이걸 입고 여기 부엌에서 그와 춤을 추는 모습을 상상해 봐. 우리가 여기서 보낸 시간들을 생각해 봐. 우리와 함께 앉아서 우리의 문제나 어느 대학에 갈지, 성공적인 결혼 생활을 하기가 얼마나 어려운 일인지 이야기하면서, 어머니가 눈앞에 그렸을 이미지들을 생각해 봐. 하느님 맙소사, 우린 어머니에 비하면 너무나 순진하고 성숙하지 못해."

마이클이 고개를 끄덕이고 싱크대 위의 찬장으로 몸을 돌렸다.

"어머니가 마실 만한 것을 좀 남겨 뒀을까? 대답은 하느님이나 아시겠지. 아까 물었던 것에 대한 대답인데, 우리가 어떻게 해야 할지 나는 모르겠어."

그는 찬장을 뒤져서 거의 빈 브랜디 병을 찾아냈다.

"두 잔은 되겠어, 캐롤린. 한 잔 할래?"

"그래."

마이클은 찬장에 딱 두 개 있는 브랜디 잔을 꺼내 포마이카 식탁 위에 놓았다. 그는 프란체스카의 마지막 브랜디 병을 비웠고, 그사이 캐롤린은 말없이 노트를 읽기 시작했다.

'로버트 킨케이드가 내게 온 것은 1965년 8월 16일, 월요일이었다. 그는 로즈먼 다리를 찾고 있다고 했다. 늦은 오후라 무더웠다. 그리고 그는 해리라 부르는 픽업트럭을 몰고 있었다……'

책을 쓰고 나서

나는 로버트 킨케이드와 프란체스카 존슨의 이야기를 쓰면서, 점점 킨케이드에게 끌리게 되었다. 그러면서도 정작, 그와 그의 인생에 대해 얼마나 아는 게 없는가 하는 점에 자꾸만 마음이 쓰였다. 이 책이 인쇄소로 넘어가기 겨우 몇 주일 전, 나는 시애틀로 날아가서 다시 한번 그에 대한 정보를 더 얻고자 시도했다.

그가 음악을 좋아했고, 그 자신이 예술가였으므로, 퓨 젓사운드 지역의 음악 예술계에 그를 아는 사람이 있을지도 모른다는 생각이 들었다. 《시애틀 타임스》의 미술 편집자가 도움을 주었다. 그는 킨케이드를 몰랐지만, 내가 관심을 기울이는 기간인 1975년에서 1982년 사이의 신문 자료를 제공해 주었다.

1980년판을 훑어보다가 나는, 테너 색소폰을 연주하는 존 '나이트호크' 커밍스라는 흑인 재즈 음악가의 사진을 보게 되었다. 그 사진 옆에는 로버트 킨케이드가 찍은 것이라는 사실이 명기되어 있었다. 지역 음악가 협회에서 커밍스의 주소를 알려 주면서, 그가 최근 몇 년 동안은 활동이 뜸하다고 했다. 주소는 시애틀에서 5번 고속도로를 막 벗어난, 타코마의 공업 지구 근처의 어떤 샛길이었다.

그의 아파트에 몇 차례나 들른 끝에 간신히 집에 있는 그를 만났다. 그는 처음에는 내 질문을 시답지 않아 했다. 하지만 내가 진정으로 킨케이드에게 관심이 있다는 믿음을 주자 그는 우호적으로 변했고, 그 후에는 열린 마음으로 대해 주었다. 뒤에 나오는 이야기는 커밍스와의 인터뷰 기록을 약간 편집한 것이다. 그는 나와 이야기를 나눌 당시에 일흔 살이었다. 나는 녹음기를 틀어 놓고 그에게 로버트 킨케이드의 이야기를 하도록 했다.

'나이트호크' 커밍스와의 인터뷰

그 당시 나는 내가 살았던 시애틀 부근의 '쇼티'라는 사람이 운영하는 바에서 연주를 하고 있었는데, 광고에 쓸 괜찮은 흑백 사진이 한 장 필요했어요. 베이스 주자가 꽤 괜찮은 사진작가가 섬에 살고 있다고 알려 주었죠. 그의 집에는 전화가 없다길래 나는 그에게 엽서를 보냈어요.

그가 왔더군. 청바지에 부츠를 신고 오렌지색 멜빵을 한, 정말로 이상한 모습의 노인네였는데, 낡아 빠진 카메라를 가져왔어요. 도저히 사진이 찍힐 것 같지 않은 카메라들이었지. 그래서 난 '어이쿠'라고 생각했어요. 그는 나더러 악기를 들고 밝은 색깔의 벽에 서라고 한 후에 연주를 하라고, 계속 연주하라고 시켰어요. 그래서 난 연주를 했지. 처음 3분 정도 연주를 했더니 그 사람은 그대로 서서 나를 열심히 쳐다보더군. 누구보다도 차가운 눈빛으로, 정말로 집중해서 쳐다봤어요.

잠시 후 그는 사진을 찍기 시작했어요. 그러더니 내게 〈고엽〉을 연주해 줄 수 있느냐고 물었지. 그래서 난 그 곡을 연주했어요. 10분을 내리 연주했는데, 그사이 그는 카메라로 계속 셔터를 눌러 댔어요. 찍고 또 찍고. 그러더니 말하더군. "좋아요, 됐어요. 내일 사진을 가져오겠소."

다음 날 그가 사진을 가지고 왔는데, 나는 기절할 뻔했지. 그때까지 사진을 많이 찍어 봤지만, 그가 찍은 사진은 최고였어요. 그는 내게 50달러를 내라고 했는데, 내가 보기에는 너무 헐값이었지. 그는 내게 고맙다고 말하고 떠났어요. 가면서, 어디서 연주하느냐고 묻더군. 그래서 내가 대답했지. "쇼티의 바에서 해요."

며칠 후 밤에 관객석을 둘러보는데, 그가 구석 테이블에 앉아서 열심히 듣고 있는 모습을 발견했어요. 그는 일주일에 한 번씩 오기 시작했지. 언제나 화요일에 와서 언제나 맥주를 마셨지만, 그다지 과음하지는 않았어요.

나는 이따금씩 휴식 시간에 그에게 가서 몇 분간 이야기를 나누곤 했어요. 그는 조용한 사람이라 말이 많지는 않았지만, 정말로 유쾌한 사람이었소. 언제나 내게 〈고엽〉을 연주해 줄 수 있느냐고 예의 바르게 물었지.

한참 후에 우리는 서로 조금 친해지게 되었어요. 나는 항구에 가서 물과 배를 보는 것을 좋아했는데, 그 역시 마찬가지였지. 그래서 우리는 오후 내내 벤치를 차지하고 앉아 이야기를 나누게 되었어요. 우리는, 조금쯤은 세상과는 상관없어지고, 약간은 시대에 뒤떨어졌다고 느끼기 시작하는, 서서히 인생이 끝나 가는 노인들이었지.

그는 개를 데리고 나오곤 했어요. 멋진 개였지. 하이웨이라고 부르더군.

그는 마법을 이해했어요. 재즈 음악가들 역시 마법을 이해하지. 아마 그 때문에 우리가 친해지게 되었을 거요. 전에 천 번도 넘게 연주한 어떤 곡조를 불다가, 마음속으로 인식을 하지도 못하는 사이, 갑자기 완전히 새로운 아이디어로 악기를 불게 되는 경우가 있어요. 그는 사진 작업이나 인생이 일반적으로 그런 면이 많다고 하더군. 그러고 나서 이렇게 덧붙였어요. "사랑하는 여자와 사랑의 행위를 하는 것도 그렇지요."

그는 음악을 시각적인 이미지로 바꾸어 표현하는 작업에 몰두하고 있었어요. 내게 말했지. "존, 당신이 〈세련된 숙녀〉의 네 번째 악절에서 거의 언제나 반복하는 부분 있잖소? 나는 어느 날 아침 그 부분을 필름에 옮기겠다는 생각을 했소. 빛이 수면 위로 내리는데 파란 왜가리 같은 것이 동시에 내 파인더를 지나가더군. 나는 당신의 반복 악절을 들을 때마다 그 광경을 눈앞에 그려 볼 수 있었소."

그는 음악과 이미지의 연결 작업으로 시간을 보냈소. 그 일에 사로잡혔지. 생활은 어떻게 꾸려 갔는지 모르겠어요.

그는 자기 인생에 대해서는 별로 말하지 않았지. 나는 그가 사진을 찍느라 여행을 했다는 것은 알았지만, 그 이상은 몰랐소. 한데 어느 날, 그에게 목에 건 은줄에 매달린 메달에 대해 물었지. 가까이 보니 거기 '프란체스카'란 이름이 보였소. 그래서 그에게 물었어요. "특별한 의미라도 있는 거요?"

그는 한동안 아무 말도 하지 않고, 그냥 물만 물끄러미 바라보았어요. 그러더니 말하더군. "시간이 얼마나 있소?" 그날은 월요일이라 밤 근무가 없어서, 아무리 시간이 걸려도 괜찮다고 대답했지.

그는 털어놓기 시작했어요. 마치 수도꼭지를 틀어 놓은 것 같았지. 오후 내내, 그리고 거의 밤을 새워 가며 이야기 했어요. 오랜 세월 마음속에 간직해 온 이야기라는 느낌이 들더군.

여자의 성이 무엇인지는 말하지 않았고, 어디서 일어난 일인지도 밝히지 않았어요. 하지만 이 로버트 킨케이드란 사람이 그 여자에 대해 말할 때는 완전히 시였다오. 그녀는 틀림없이 특별한, 믿을 수 없는 여인이었을 거요. 그는 그녀에게 쓴 편지의 일부분을 인용하는 것으로 말을 시작했지. Z차원이라던가. 마치 오넷 콜먼의 자유 즉흥연주처럼 들리더군.

그는 이야기를 하면서 울었소. 눈물을 왕창 쏟았지. 노인을 울게 하는, 색소폰을 연주하게 하는, 그런 울음이었소. 나중에 나는 왜 그가 늘 〈고엽〉을 신청했는지 알게 되었어요. 그리고 나는 이 사내를 사랑하기 시작했소. 한 여자에 대해 그런 식으로 느낄 수 있는 사람은 사랑받을 가치가 있는 법이니까.

그래서 나는 그 점에 대해, 그와 그 여자가 가진 힘에 대해 생각하게 되었소. 그가 '옛날 방식의 열정'이라고 하는 것에 대해. 그리고 나 자신에게 말했소.

"난 그 힘을, 그 사랑을 연주해야겠어. 그 열정을 내 색소폰에서 흘러나오게 해야 해."

그 이야기에는 뭔가 시적인 것이 있었어요.

그래서 이 곡을 썼지. 석 달이나 걸렸어요. 나는 단순하고 우아한 곡을 쓰고 싶었지. 복잡하게 하는 것은 쉬운 일이지. 단순함이야말로 정말 어려운 거요. 나는 제대로 되기 시작할 때까지, 매일 작곡에 매달렸어요. 그러다가 좀 더 발전시켜서 피아노와 베이스 악보를 만들었지. 마침내 어느 날 밤 그 곡을 연주했어요.

그가 관객석에 와 있었지. 여느 때처럼 화요일 밤이었

책을 쓰고 나서 229

어요. 손님이 별로 없는 밤이라 스무 명쯤밖에 없었는데, 누구도 연주에 신경을 쓰지 않았어요.

그는 거기 조용히 앉아서, 언제나 그러는 것처럼 열심히 귀를 기울이고 있었지. 나는 마이크에 대고 말했어요.

"이제 내 친구를 위해 쓴 곡을 연주하겠습니다. 〈프란체스카〉라는 곡입니다."

나는 그 말을 하면서 그를 바라보았어요. 그는 맥주를 마시기 시작했지만, 내가 '프란체스카'라는 말을 하자, 천천히 고개를 들어 나를 바라보더군. 그 긴 잿빛 머리를 양손으로 쓸어 넘기더니 카멜 담배에 불을 붙이고, 그 푸른 눈으로 나를 똑바로 쳐다봤어요.

나는 생전 처음으로 그런 소리로 악기를 불었소. 그들이 헤어져 있는 그 거리, 그 세월을 위해 악기를 울게 했어요. 처음 악절에는 그녀의 이름 '프란……체스……카'처럼 들리는 그런 부분이 있었소.

내가 연주를 마치자 그는 곧장 자리에서 일어나더니, 미소 짓는 얼굴로 고개를 끄덕이고, 계산을 마치고, 떠났소. 그 후로 나는 그가 들를 때면 언제나 그 곡을 연주했어요. 그는 지붕이 덮인 낡은 다리 사진을 넣은 사진틀을 가져와서 곡을 써 준 보답으로 내게 주었어요. 저기 걸린 저 사진이오. 어디서 찍은 건지 말하지 않았지만, 그의 서명 바로 아래 '로즈먼 다리'라고 적혀 있더군.

지금부터 칠팔 년 전의 어느 화요일 밤, 그가 보이지 않았어요. 다음 주에도 오지 않았지. 나는 그가 아프거나 무슨 사정이 있는가 보다고 생각했어요. 걱정이 되어서 항구로 내려가서 사방에 물어보았지. 그에 대해 아는 사람이 없었소. 마침내 나는 보트를 빌려 그가 사는 섬까지 갔소. 낡은 오두막 ── 사실 다 쓰러져 가는 집이었소. ── 이 물가에 있더군.

내가 안을 살피는데, 이웃 사람이 오더니 뭐 하느냐고 물었어요. 그래서 그에게 말했죠. 이웃은 그가 열흘 전에 죽었다고 했소. 그 이야기를 듣고, 나는 마음이 아팠어요. 아직도 그렇소. 난 그 사람을 많이 좋아했소. 그 사람에게는 뭔가, 무엇인가가 있었소. 우리들이 모르는 것을, 그는 알고 있다는 느낌이 들었어요.

나는 그 이웃에게 개에 대해 물었소. 그는 모르더군. 그는 킨케이드도 모른다고 했소. 그래서 동물 수용소에 전화해서, 거기서 하이웨이를 보호하고 있다는 걸 알아냈소. 나는 가서 개를 데려와서 내 조카에게 주었지. 마지막으로 개를 봤을 때, 조카 아이와 개는 서로 좋아하며 잘 지내고 있었소. 마음이 좋더구먼.

어쨌든 그렇게 되었소. 킨케이드가 그렇게 되었다는 것을 알고 얼마 지나지 않아, 20분 이상 연주하면 왼팔이 무감각해지기 시작했어요. 척추와 관계가 있다고 하더군. 그래서 이제는 연주를 하지 않아요.

하지만 나는 킨케이드가, 자신과 여자에 대해 해 준 이야기에 사로잡혀 있소. 그래서 매주 화요일 밤이면 악기를 꺼내어, 그를 위해 쓴 곡을 연주해요. 여기, 나 혼자서.

그런 이유로, 언제나 연주를 할 때면 그가 준 사진을 바라보지. 거기엔 뭔지는 모르겠지만, 특별한 기운이 있거든. 연주할 때는 그 사진에서 눈을 뗄 수가 없어요.

나는 황혼 녘이면 여기 서서, 내 악기를 흐느끼게 해요. 로버트 킨케이드라는 이름의 남자와, 그가 프란체스카라고 불렀던 여자를 위한 곡조를 연주하는 거요.

옮긴이의 말

도대체 그런 사람이 있을 수 있을까.

꽃잎 흐드러지게 핀 봄밤, 아니면 뜨거운 볕이 내리쬐는 한여름의 낮, 혹은 마른 잎 버석이는 공기 맑은 가을날, 혹은 수정 같은 얼음 끝에 햇살 한 조각이 비춰들 때라도 좋다. 미국 중부 아이오와주의 먼지 이는 시골길로 가 보자. 사진을 찍을 다리까지 가는 길을 묻다가 영원토록 가슴에 둘 여자에게 이르는 길을 찾게 된 로버트 킨케이드가 털털이 픽업트럭을 몰고 갔던 그 길을. 좁은 찻길 끝에 하얀 집이 보이고, 현관에 매달린 그네에 프란체스카 존슨이 앉아 있다.

초원과 먼지와 한여름의 더위와 다 큰 자식과 무심한 농사꾼 남편과 건조하기 이를 데 없는 시골 생활에 둘러싸여 사는 40대의 프란체스카. 그러나 그녀의 가슴에는 이 탈리안다운 뜨거운 사랑과 이루어질 수 없는 꿈이 숨겨 있다. 그녀 앞에 선 킨케이드라는 남자. 건조한 세상에서 이 시대 마지막 카우보이라고 자처하는 꿈과 환상을 가진 50대의 사진작가.

그들은 상대가 아름다운 사람임을 한눈에 알아본다. 가족이 없는 프란체스카의 집에서 나눈 나흘간의 사랑. 상대를 통해 자신의 모습을 보게 되는, 어떤 수식어로도 치장될 수 없는 그들만의 사랑, 그런 중심 잡힌 사랑을 나누며, 프란체스카는 생각한다. 이제 다시 춤출 수 있는 여유가 생겼다고.

그들은 함께 떠나고 싶어 하지만, 그녀에게는 가족이라는 책임이 있다. 그리고 킨케이드는 그녀의 그런 부담까지 이해하고 자신의 아픔으로 받아들임으로써 인내하는 사랑을 보여 준다.

그 후로 두 사람은 22년이란 세월을 서로 연락 없이 살아간다. 그러나 그들의 매일매일은 서로에 대한 사랑으로 가득하다. 텅 비어 있는 가득함이라고나 할까. 결국, 죽을 때 가져갈 수 있는 영혼의 사랑만을 가지고 이 세상을 뜨는 두 사람.

이 소설은, 먼 훗날 우리도 프란체스카가 그랬듯이 비내리는 생일, 창가에 앉아 먼 옛날의 뜨거운 사랑을 추억할 수 있도록 도와줄 것이다. 아니, 메마른 이 세상에서 다시 삶의 춤, 본능의 춤을 출 수 있도록 부추겨 줄 것이다. 그래서 아름다운 추억거리를 간직할 수 있도록 해 주리라.

번역 작업을 하는 내내 난 나의 사랑하는 이를 떠올렸고, 장면 장면에서 느끼는 분위기를 그에게 전하려고 애썼다. 하지만 이 책의 초판이 나와야 그는 생생하게 느낄 수 있을 것이다. 그건 내가 도저히 흉내 낼 수 없는 감성을 가진 작가 로버트 제임스 월러 탓이지 내 탓이 아니다.

이 작품의 주인공들에 대해 많은 이야기를 나누고 서로의 공감대를 확인함으로써 일하는 재미를 더욱 크게 해 주신 편집부 스태프에게 감사드린다.

공경희

매디슨 카운티의 다리

초판 1쇄 인쇄일 2024년 6월 10일
초판 1쇄 발행일 2024년 6월 20일

지은이 로버트 제임스 월러
옮긴이 공경희

발행인 조윤성

편집 윤보영 **디자인** 박준렬, 정은경 **마케팅** 서승아, 김진규
발행처 ㈜SIGONGSA **주소** 서울시 성동구 광나루로172 린하우스 4층(04791)
대표전화 02-3486-6877 **팩스(주문)** 02-585-1755
홈페이지 www.sigongsa.com / www.sigongjunior.com

이 책의 출판권은 ㈜SIGONGSA에 있습니다. 저작권법에 의해
한국 내에서 보호받는 저작물이므로 무단 전재와 무단 복제를 금합니다.

ISBN 979-11-7125-403-3 (03840)